01
江上景 ◎著
大夏武聖

目錄 CONTENTS

第一章
江寧

清晨，縷縷晨曦洞穿雲層，照射在古老的城牆上。

原本靜謐的洛水縣也早已變得熱鬧起來，四通八達的縣城大道上已經充滿了叫賣聲，到處都是一片喧鬧的景象。

在洛水縣東，一間籬笆圍成的小院中，

江寧在木椅上向陽盤坐，手肘及膝，掌托下顎，此刻他手持一卷書籍靜靜翻讀。

書名《神話紀元錄》，這是一本雜書，記載了關於神靈的故事。

在大夏之前，據書中記載那是一個神人共存的世界。

江河有神、山川有神，神靈無處不在。這雖然是一本看似荒誕的雜書，但是江寧此刻卻是看得異常認真，可謂全神貫注。

【識文斷字經驗值＋１。】

……

良久，江寧翻到最後一頁，緩緩收回目光，手中這本雜書也被他徹底合攏。

【此次翻閱書籍，識文斷字經驗值共計增加８點。】

下一刻，他的面前瞬間浮現一個面板，一個只有他能看見的面板。

【名稱】：江寧。

【源能】：13.5。

【技藝】：識文斷字（圓滿９５８／1000）（特性：無）。

「終於快達到滿值了。也不知道這門識文斷字的技藝達到滿值後究竟會有何等變化。」

江寧看著自己眼前特別的面板，心中頗為振奮。

前幾天他遍覽家中群書，無論是古籍通史，還是各類經義要文，紛紛被他看了一遍。憑藉這些書籍，他也終於將這門技藝一步一步從入門提升到精通、小成，再至大成。

每一次突破，他都感覺到自己的頭腦變得更加清明，思維運轉更快，耳聰目明。

據他所知，這分明是「神」壯大帶來的效果。

在大夏的儒道之中，讀書可養「神」。

經過這段時間的苦讀書籍，他已然發現面板的妙用。

這面板有化腐朽為神奇的力量，只要專心苦讀書籍，便可讓識文斷字這門技藝不斷成長，且一證永證。

如今任何他看過的書籍都栩栩如生的記載在他的腦海中，只需一個念頭就可以回憶其中的一切。

而此刻，他距離這門技藝圓滿後的突破也僅差最後的三十多點經驗值，以他現在這種效率，待會只要再讀一些書籍，就可得到這三十多點的經驗值。

以他現在的學識，不說太遠，參加科舉考個童生或者是秀才那是手到擒來，毫不費力。

想到這裡，江寧心中更是充滿了期待。來年的功名加身，完全可以改變自身現狀。

「嘟嘟。嘟嘟。」

就在這時，一道軟軟糯糯的聲音傳入江寧耳中，讓他瞬間回過神來，順著聲音望過去，他就看到一位粉雕玉琢，雙眼水汪汪，扎著兩個朝天辮的小女娃朝著他搖搖晃晃地跑來，肉嘟嘟的臉蛋更是分外引人注目。

江寧看到自己這位年僅五歲的小侄女，徹底回神，臉上不由得露出淡淡的笑容。

「小豆包跑慢點。」

在這個家裡面，最與自己親近的就是這位年僅五歲的小侄女，江鳶鳶，小名豆包。

從自己這名小侄女精緻小巧的五官上，能看出未來肯定是個美人坯子，也能看出她的遺傳優秀，她的母親姿色容貌絕對出眾。

「嘟嘟，這是果果的書，拿給嘟嘟看。」小豆包說話間，努力抬起頭看著江寧。

即使此刻江寧只是端坐在椅子上，高度也需要讓五歲的小豆包抬起頭才能看清他的面容。

江寧莞爾一笑，接過小豆包手中吃力拿著的那本書，心中不由得一喜。對他來說，無論任何書籍都無所謂，只要是他沒有看過的書籍就能增長識文斷字的經驗值。

有了這本新的書籍，他的這門技藝今日內必然能將經驗值升滿。

隨後他拿著手中書籍並未細看，直接放在一旁，然後揉了揉江鳶鳶的小腦袋。

「小豆包真棒。」

小豆包面對江寧的誇讚，也毫不吝嗇地誇獎他：「嘟嘟真好看。」

聞言，江寧不由心中莞爾，揉著她小小的腦袋道：「妳懂什麼好不好看的？」

「好看就是好看，嘟嘟就是好看嘛。和我爹爹一樣好看。」小小一隻的小豆包毫不示弱。

聽到這句話，江寧不置可否的一笑。

就在這時，突然間一位女人的聲音從旁邊的廚房淡淡地傳出：「吃飯了。」

這道聲音很直、很冷，並沒有多少情緒，但是天生帶有溫婉的氣息。

江寧抬頭看去，就看到一位年約三十，姿態容貌皆如大家閨秀的婦女出現在廚房門口，看到江寧望過來目光的那一刻，那位容貌甚為出眾的婦女不鹹不淡地朝他一瞥，便收目光，似有一些嫌棄。

江寧見此，不由得訕訕一笑。

他怎麼可能不知道，這位大嫂對曾經的「江寧」、也就是如今的江寧前身，寄居在大哥家中十多載頗有微詞。

大嫂和自己的大哥成親十餘載，如今他們兩人育有一子一女。

大兒子江一鳴如今已有十四歲，學文習武，頗有志向，但是自幼飽讀詩書，以及為了習武已在溫養體魄，花費銀兩不菲。

在這種情況下，自己前身這十多載又是不事生產，遊手好閒，所有花銷都是自己的大哥一力承擔。而大哥也只是洛水縣的捕快，收入有限，大嫂對自己如何能沒有意見？尤其是最近這段時間糧價日益上漲，家中有五口人，經濟更是拮据，大嫂對自己的意見也更大了。

想到這些，江寧心中頗為無奈。對於這位大嫂不太喜歡自己，他心知肚明，也完全能夠理解，這乃是人之常情。

他一直都在吸大哥大嫂一家的血，但事到如今，他也沒有任何辦法，前身沒有任何積蓄，自己穿越而來的這兩個多月，大部分時間都是在養傷，所以即使想搬出去也是毫無辦法。

「如今只能短暫地繼續依靠大哥大嫂，如今的洛水縣可不太平。」江寧在心中暗暗道。

他此時心中早已有關於未來的規劃。

這些天，他根據大哥在縣衙當值以及他這段時間苦讀書籍，了解天下大勢的變化。

他如今所在的大夏王朝，分明是一副王朝末年動盪不堪的局勢。而在這個小小的洛水縣，也同樣有著幾股力量的暗潮湧動。

江寧前世從事歷史相關專業，對於這等情況他再了解不過。

歷史總是在不斷的輪迴往復中，沒有絕對的相似，但是卻有不可避免的相同軌跡。

所以他十分清楚，建國已有八百多年的大夏王朝，在天災四起、流民逃竄，叛亂紛至以及各類詭異崎形的宗教、爆發的局面中，這分明已有大廈將傾的風險。

在如今這等局勢面前，唯有屬於自身的力量，才可以在王朝末年這等局勢中求存。

不然一旦滾滾大勢到來，天下大亂、群雄紛爭，尤其這個世界的武道璀璨而昌盛，弱小者以一敵十，強大者一人成軍，至強者一人敵國，做為尋常百姓若是被捲入這等滾滾大勢中，如何能活？

自己大哥如今也不過是一位普通的縣衙捕快，在歷史潮流的大勢中與沙礫無異。

「我暫時還是要仰賴大哥的力量，至於大哥大嫂一家，我也只能以後再去報恩了。」

「小豆包，走吧。」江寧起身牽著小豆包江鳶鳶的手開口道。

「嘟嘟，吃飯飯。」小豆包露出滿臉欣喜的笑容。

……

進入主廳，江寧就看到大嫂柳婉婉早已落座。

此刻的柳婉婉雖然穿著樸素，但是身上卻是有著一股大家風範，容貌氣質更不似尋常的婦女，皆是上上等。即使此刻她穿著樸素，也能令人眼睛一亮，絲毫不像終日被柴米油鹽給束縛的普通婦女。

此時，身前圓木桌上四碗稀粥已經擺好，木桌的正中心還有一碟鹹菜和剛出鍋尚且冒著熱氣的青菜。

「嫂嫂，大哥呢？」江寧牽著小豆包入座。

他又瞥了一眼身前的那碗粥，今日的粥顯得比往常更稀一些，心中微微一動，也沒說什麼，最近糧價暴漲，家中沒有多少餘糧他也清楚。

「你大哥還在衙門，他臨走前說中午再回來吃飯。」

江寧點點頭，一時無言，片刻之後就解決了碗裡的稀粥。

「嫂嫂，我吃好了。」他隨即起身道。

「等等。」柳婉婉喊住了正欲離去的江寧。

看到江寧疑惑的目光，身為江寧大嫂的柳婉婉轉身從身後拿起一件灰色的襯衫。

「衣服給你縫好了，拿去穿上，待會把你換洗的髒衣服拿出來，我給你洗。」

江寧愣了一息，這才從容的從柳婉婉手中接過這件已經被縫補好的襯衫，緩緩開口：「謝謝嫂嫂。」

直到江寧離開後，一位少年才從屋內走出。

「果果，快喝粥。」江鳶鳶看到這位十三四歲的少年，拍了拍身旁的凳子，然後挪了挪撐在桌子上的上半身。

……

江寧把換洗的髒衣服交給嫂嫂，忙完之後重新回到小院，看著《仙神通解》這本由小豆包給他帶來的書籍，心中不由得有些火熱。

有這本書在，他識文斷字這門技藝要不了多久就能突破了。尤其是看到這本書籍的名字，他心中興趣更甚。

來到這方世界快兩個多月了，至今他也不知道自己究竟是穿越而來，還是覺醒了胎中之謎。

他只知道前身與自己皆是同名同姓，甚至容貌上也有七八成相似，頗為神奇。如今過去這麼多天，此事他也不再糾結，早已接受了如今的身分。

同時，他吸收前身的記憶，對於這方世界也具備了一定的認知。

在大夏之前，乃是仙神人妖共存的世界。仙神之說，在他前世的世界同樣存在，所以此刻他對於這本書籍分外感興趣。

江寧緩緩打開《仙神通解》，聚精會神的緩緩翻看，悄無聲息間，他的眼前閃過一道提示。

【識文斷字經驗值＋1。】

……

旭日東升，漸漸高懸，環境溫度也早已不復清晨的微涼，大地漸漸變得滾燙。

江寧置身於葡萄藤架下，額頭上也開始漸漸冒出細微的密汗。此刻的他完全無動於衷，所有的精神都匯聚在面前這本《仙神通解》上。

又過了許久，一縷煙火氣息飄至江寧鼻尖，江寧這才緩緩回過神來。

【此次翻閱書籍，識文斷字經驗值增加29點。】

「快中午了啊。」他抬頭看向天空，瞬間看到烈日高懸頭頂，口中喃喃自語，旋即又打開自己的面板。

【技藝】：識文斷字（圓滿997／1000）（特性：無）。

「還差三點經驗值就滿了。」他心中頓時頗為振奮，注意力立刻重新落在面前的《仙神通解》上面。

就在此時，一位身材魁梧、身穿黑色皂袍，腰間斜跨一柄長刀的中年男子踏入小院中。他看到江寧低頭苦讀書籍的模樣，不由得露出欣慰的笑容。尤其看到江寧手中這本書籍的書名後，更是咧嘴一笑。

「我這弟弟終於長大了。」他暗暗自語，隨後輕手輕腳地走向廚房。

「夫人。」看著忙碌的婦人，中年男子眼中露出溫柔的目光。

「回來啦？」

「嗯嗯。」中年男子低聲應道。

「怎麼最近回來的越來越晚了？」

「世道不好，洛水縣越來越不太平了，我們身上的壓力也越來越大。」中年男子說道。

「這樣啊，希望不要出事才好。」

「我不會出事的。」中年男子寬慰道：「妳家男人雖然武藝平平無奇，但是見勢不對跑的比誰都快。」

「就會自我吹噓。」婦人嘴角微揚，低聲啜道，隨即她又道：「快去洗洗，再好好照顧小豆包。小豆包醒來後沒看到人會哭的。」

「好。」中年男子點點頭。

走出廚房前，他又咧了咧嘴：「夫人，妳看到了嗎？阿寧這些天是真的成長起來了。」

聽到這句話，正在忙碌的柳婉婉停下手中的事。

「你對你這弟弟呀。」她又搖搖頭：「簡直比你對親兒子還親。」

中年男子聞言，如何能不明白自己這位娘子心中頗有些怨氣。他走到柳婉婉身後環腰抱住：「跟著我這些年，委屈妳了。」

整個廚房頓時安靜了下來，片刻後，柳婉婉拍了拍環在自己腰間的雙手。

「臭死了，去洗個澡。」

「收到。」中年男子旋即嘿嘿一笑。

……

另一邊。

【識文斷字經驗值＋1。】

【此次翻閱書籍，識文斷字經驗值增加3點。】

看著這個提示閃過，江寧眼中閃過一抹濃烈的喜色，立刻打開自己的面板。

【技藝】：識文斷字＋（圓滿1000／1000）（特性：無）。

「終於滿了。」他心中暗暗感慨，下一刻，他雙目不由一凝。

因為在此時，他的面板發生了此前他從未有過這種變化，在識文斷字這門技藝的後面出現了一個加號。

在這之前，不論是入門還是精通，抑或是小成至大成的突破都是水到渠成，經驗值積累一旦圓滿，則會順勢迎來突破。

這一次則就完全不同，圓滿層次突破所需的經驗值已經達標，但是卻並沒有突破進入下一層次的動靜，僅僅是在識文斷字這門技藝後面出現一個加號。

看著自己的面板，江寧意念微動落在那個加號上面。

【識文斷字已達圓滿，是否消耗10點源能完成識文斷字的破限？】

看到這道提示的一剎那，江寧瞬間恍然大悟。

「原來如此。原來源能點的作用在這。」他心中在這一刻徹底明悟。

在這之前，隨著面板的出現，源能這一欄隨著每日時間的流逝，一到凌晨會自行增加0.1至0.3個數值。

之前他經過多方嘗試，始終沒有弄清楚面板上的源能點究竟有什麼效果，直到這一刻，他才徹底明白。原來是當一門技藝達到圓滿後，要想繼續突破，則須要消耗源能點。

明白此事後，江寧心中再無任何遲疑，心念頓時一動，面板上的源能點瞬間減少十點，而識文斷字這門顯示在面板上的技藝也開始發生變動。

江寧也瞬間感知到自己大腦中似乎有陣陣清靈之力流轉，內心古井無波，陣陣空明，他不由得閉上雙目微微感受體內所發生的變化。

少頃，一切變化歸於平靜，江寧也睜開雙目，眼前浮現面板。

【名稱】：江寧。

【源能】：3.5。

【技藝】：識文斷字（一次破限0／2000）（特性：過目不忘）。

「果然如此。」他在心中喃喃自語，如此變化並未出乎他的意料。

在這之前，他就注意到「特性」這兩個字。之前識文斷字這門技藝從入門不斷突破，每一次突破特性這一欄始終為空。

達到圓滿後他心中就有一個猜測，那就是在圓滿之後突破或許會有特性的出現，如今他的猜測成為現實，他心中自然不會有太大的意外。

【過目不忘】：記憶非凡者，過目不能忘。

旋即他一眼快速掃過四周的景象，此時尚且一息不到，隨後他閉上雙目，剎那間，剛剛被他掃過的小院景色栩栩如生地出現在他腦海中，不論是蜜蜂搧動的翅膀，還是飄落在空中翻轉的樹葉，皆清晰入理的浮現在他腦海中。

「如此效果。」江寧心中不由得暗暗驚嘆，這種效果大大出乎他意料。

他如今所擁過的過目不忘不是文字，而是清晰如紋理的畫面，栩栩如生，可以動起來的畫面。

「擁有過目不忘的加持，對於我學武同樣極其有利。」江寧心中頓時振奮不已。

在這個世界，學文參加科舉之路可以做到朝為田舍郎，暮登天子堂，成為人上人的存在。

學武同樣如此，參加武舉之路可做到統兵百萬，可封侯封王，甚至可開疆裂土。而且武道之路可以一人成軍，一人敵國，偉力盡歸於身，甚至可得長生。

根據他這些時日看過的書籍記載，大夏成功開國便是因為出了一位武聖，一位無敵的武聖。而這位武聖鎮壓大夏國八百年氣運。

也就是說，那位武聖從大夏開國之初存活至今，堪稱神話，堪稱傳奇。

如今大夏王朝動盪不堪，在江寧看來也是與這位武聖數十年沒有露面有所關聯。

正是因為了解這些，所以江寧早已做出打算，文他要，武也要。

小孩子才做選擇，成年人全都要。

他既要文，也要武，以武為主，為文為輔。這兩者對他而言並不衝突，反而有相輔相成之效。

首先一點，於他如今而言，擁有過目不忘這等特性，文道考取功名再簡單不過。

不學文，不了解這方天地一切，如何能在不久之後大夏王朝末年的滾滾大勢中求得一隅之地？

武道未至巔峰之前，洞悉一切目光的重要性毋庸置疑。而且，通過科舉考取功名，可進聖廟膜拜，得浩然正氣灌頂。

儒家的浩然正氣可養神魂，這是除佛道兩家祕傳外最佳養神的途徑。朝堂之上的諸公個個神魂強大，思維運轉瞬息萬千，所以能穩坐朝堂，布局天下。

而且武道之路走到最後，非但需要煉體更要養神。神魂的壯大，對於他未來成為武道至高，超凡入聖也有莫大的幫助。

另一點更重要的是，他要繼續獲取識文斷字的經驗值，那必須遍覽古籍經義。唯有不斷博覽群書，他才可以獲取識文斷字這門技藝的經驗值。

既然一次破限獲得了過目不忘的特性，他就相信第二次破限必然會獲得更多的特性。特性的強大效果毋庸置疑。

所以對他而言，通過科舉考取功名乃是順手之舉，更是一舉多得的好事。

「如今只希望我所料不錯，武道功法同樣可以獲取經驗值。」江寧在心中暗暗自語：「此前我因為前身受傷，養傷兩個月有餘不便習武，恰好可以學文試驗面板效果。」

「我如今文有所成，也成功試驗出面板的所有效果，也是時候學武了。」

「憑藉我如今過目不忘的特性以及面板的神奇效果，一旦開始學武，必然進步神速。待會先去問問大哥，看看大哥身為衙門捕快，手中有沒有合適的武道功法讓我學習。」

就在江寧思緒流轉間，一道雄渾的聲音從主屋傳過來：「阿弟，過來吃午餐了。」

聽到這句話，江寧把手中《仙神通解》放在椅子上，然後起身朝著主屋走去。

踏進主屋的那一刻，他就看到自己的大哥大嫂，還有侄子江一鳴以及侄女小豆包江鳶鳶。

「大哥，大嫂。」江寧開口打招呼。

「坐。」身為大哥的江黎開口。

「嘟嘟、嘟嘟，坐豆包身邊。」小豆包坐在凳上，奮力趴在餐桌上連忙向江寧發出邀請。

待到江寧入座後，身為大哥的江黎夾著菜開口道：「最近看你非常用功讀書，是不是想走科舉這條路，考取功名？」

「有點想法。」江寧微微點頭，旋即又搖搖頭：「但是我更想學武。」

「學武？」江黎訝然的看向江寧，目光旋即變得認真：「你真的想學武？」

「想。」江寧重重點頭。

「你可真的想好了？學武可是很難、很苦。你真的想好了？」江黎繼續開口詢問。

江寧再次點頭：「我想好了。」

「那好。」江黎緩緩頷首，正欲說話，嘴角突然微微一抽。

看到這一幕，江寧不由得看了一旁的大嫂柳婉婉一眼，看到她肢體的小動作，江寧頓時明白，柳婉婉此刻在暗暗扯住江黎，似乎知道了江黎下一步的想法。

江黎也微微瞪了柳婉婉一眼，然後看向江寧：「那好，既然如此，那我待會便去給你尋覓一位良師。」

良師？江寧微微一愣，頓時明白了自己大哥江黎的意思，這是分明是準備讓其他人來教自己武藝。

他也陡然明白，剛剛柳婉婉為何會在暗中制止大哥江黎。

要知道，窮學文富習武。

學武，可是很花費銀錢的。單單拜師費，本就是一筆非常誇張的數字，至於往後藥材的消耗更是無法計數。

而如今大哥家中本就拮据，自己更是身無分文，自己若是學武，這不是繼續在大哥大嫂身上吸血嗎？而且相比之前的情況更變本加厲。

明白此事後，江寧連忙開口道：「大哥，我的意思是想讓大哥教我兩門武藝即可，我不想去拜師學藝，不想大哥再為我增添更多的負擔。」

「看來你是真的懂事了。」大哥江黎看著江寧滿臉的欣慰，然後繼續開口：「我知道你在憂慮什麼，拜師的學費你不用操心，你大哥武藝非凡，當了這麼多年捕快，還是多少有些積蓄的。」

說出這句話的時候，江寧又看到大哥江黎微微咻牙，也看到大嫂柳婉婉暗中制止的小動作。

「大哥，拜師學藝真的不用。」

「你懂什麼？」江黎瞪了江寧一眼，繼續道：「就我這三腳貓工夫，連武道入品都做不到，如何能教你？非得把你教歪不成。」

「你沒聽說過良師出高徒嗎？要想學武，就必須尋得真正良師引你入門，這攸關你未來的成就，這錢絕不能省。」

「將來你若真的武道有成，來縣衙，我也可以給你弄個捕快職位，如此也算未來有個著落，也有資格娶妻生子。」

聽到娶妻生子這四個字，江寧頓時有些頭痛，他還欲說話，就看到大嫂柳婉婉拉著大哥起身，朝著後堂走去。

「算了。」看到這一幕，江寧心中微嘆：「待會找個機會再跟大哥說說吧。」

他簡單吃了點面前的食物，起身走向內堂，準備看看大哥大嫂究竟如何。

對於今生的大哥大嫂，江寧也是從心底裡感激。自己前身遊手好閒，他們能做到這一步，已經可以說是仁至義盡了。

即使是大嫂，面對遊手好閒的小叔也僅僅只是頗有微詞，並沒有當面給過前身難堪。

自己來到這方世界的時候，精神萎靡，受傷不輕，也是大嫂一直在照顧自己，為自己洗衣做飯。所以對於今生的大哥大嫂，江寧心中只有感激，沒有絲毫的怨恨。

靠近後堂，江寧就聽到大哥大嫂傳來的低沉交談聲。江寧心中懷著好奇，再走幾步，兩人的聲音更加清晰了。

「江黎，你真的想清楚了？你弟弟江寧如今十八，即使天資再高，也快要錯過最佳的學武年齡，將來成就有限。」

「婉婉，我知道。但他是我的弟弟，我唯一的親弟弟，我又怎麼能不幫他？長兄如父，我也只有這麼一個親弟弟。」

「那鳴兒呢？」柳婉婉的聲音中飽含著怒氣：「拜師學武多貴你是知道的。鳴兒如今十四了，骨齡馬上發育好，再過一年半載就是學武的最佳黃金年齡。」

這句話一出，江黎頓時無言，沉默了數息，他開口道：「錢的事我能解決，鳴兒的未來不能耽誤，但是我親弟弟的未來同樣不能耽誤。他既然想學武尋個出路，我這個大哥肯定要支持他。」

「我想回娘家看看了，我想我爹娘和哥哥了。」柳婉婉口中突然崩出一句話。

內堂頓時只餘一陣死寂。

「大哥。」江寧出聲，朝著堂內走去，瞬間打破了內堂的死寂。

突然間，呼聲從外界傳來，由遠及近。

「黎哥！馮頭召集我等，午時三刻之前必須在衙門集合。」

內堂傳出一道江黎的聲音：「婉婉，委屈妳了。」

下一刻，「砰」的一聲，江寧前方關閉的房門瞬間打開，江黎高大魁梧的身形瞬間出現在江寧面前。

「大哥。」江寧開口。

江黎拍了拍他的肩膀：「不用擔心，這一切我能搞定。不要對你嫂子有氣。」

留下最後兩句話，江黎一個箭步跨出，就在大廳橫跨兩三公尺，一手抄起桌上放置的制式長刀，再一步踏出，就徑直衝出主屋。

「走。」江黎輕喝，身形就消失在江寧的眼中。

「大嫂。」江寧看著從後堂走出的柳婉婉，輕聲開口。

「希望你往後能成熟一點，不要再一次辜負你大哥的一番苦心。」柳婉婉盯著江寧的雙目，眼神極為認真地留下這句話，便與他擦肩而過，來到餐桌旁開始收拾碗筷。

……

月明星稀，清冷的月光照射在洛水縣，彷彿給夜晚的洛水縣籠罩了一層輕紗。

在如此明亮的月光照射下，江寧即使坐在院中，也能清晰的看到手中書籍上的字跡。

「汪汪汪——」

突然間，院外傳來幾聲犬吠之音，隨後一位身材高大魁梧的漢子大步走來。

「黎哥！」站在院門口的柳婉婉看到這道身影後，眼中流露出欣喜之色。

「黎哥，你怎麼了？」柳婉婉瞬間變得驚慌，聲音中充滿了顫抖。

出事了。在月色下看書的江寧心中瞬間冒出這三個字。

他連忙合攏書籍，起身走向院外。

下一刻，江寧就看到身材高大魁梧的江黎踏著月色而來，步伐穩健，虎虎生風。隨後，他的目光就被江黎被白色繃帶包紮的右手吸引。

真的出事了？江寧心中頓時一沉。

此刻江黎也大步走到了柳婉婉面前。

「黎哥，這是怎麼了？」柳婉婉一副泫然欲泣的模樣，聲音微顫地看向江黎。

江黎咧嘴一笑：「沒事，下午圍剿了拜神教，出了一點意外，小傷而已。」

「黎哥，你說過不能騙我的。」柳婉婉一副想去撫摸江黎右手，卻又害怕弄疼他的神情。

聽到這句話，江黎頓時沉默了。數息過後，他緩緩道：「下午這場圍剿很慘烈，我僥倖撿回一條命，但是右手廢了。」

「廢了？」柳婉婉喃喃自語，似乎不敢相信自己的耳朵。

下一刻，她目光堅毅地看向江黎：「能治好嗎？不論多少錢，我都出，大不了我去求我爹和我哥。」

江黎微微搖頭：「筋斷骨碎，回天乏術。」

他隨即又爽朗一笑：「沒事的，不用擔心，右手雖然廢了，但是我出生入死，剿殺拜神教，那可是為縣尊做事。我因公負傷，縣尊定會將我安置妥當。未來雖然不能大富大貴，但是正常生活還是沒有問題的，更何況因公負傷，退居後勤，必然還有一筆撫恤金，縣尊若是做得不道地，將來誰還會為他出生入死，為他拚命？」

聽到這番言論，柳婉婉淚眼婆娑，連連點頭：「嗯嗯嗯。」

江黎笑著用左手將她擁入懷中。

看到這一幕，江寧頓時有些尷尬，大哥大嫂兩夫妻此情此景，自己倒不合適在此。

就在這時，江黎拍了拍柳婉婉的後背，柳婉婉隨即輕輕從他懷中出來。

「阿弟，跟我來。」江黎開口。

江寧點點頭。

第二章 再生變故

小院的葡萄藤樹下。

「大哥，你這手真的沒辦法康復嗎？」

江黎微微搖頭：「沒有辦法，筋斷骨碎，右臂接近粉碎，若非有縣尊發放的上等品質的療傷藥和止痛藥，我現在大概都不能站在你面前。」

說到這裡，他笑著搖搖頭：「阿弟，你中午是說要練武對吧？」

「是的。」江寧點頭。

「是該練武。」江黎此刻露出深有感慨的表情，隨後繼續說道：「如今這個世道越來越亂了。拜神教越來越猖獗了。為了人造神靈也越來越瘋狂，若非因為拜神教，我也不至於逢此大難。」

「拜神教？」江寧眼神一凝，心中瞬間想到兩個月前發生的事情。

兩個月前，自己穿越而來便是身受重傷。

吸收當時前身的記憶後，遇襲後，他迷迷糊糊間聽到「拜神教」三個字，也聽到那樣一句話：又找到一個天生靈慧者，攝取這道魂魄後定能得到神使的賞賜。

無疑，他就是那個天生靈慧者。

前身遇襲，在他看來極有可能是因為這個緣故被拜神教盯上。

也或許是因為那次意外，自己覺醒了前世宿慧，也可能是因為這個契機穿越而來。

究竟是何緣由，他也不得而知。

此刻再聽到拜神教這三個字，令江寧心中不得不頗為重視。

至今他也不理解何為天生靈慧者，但是他知曉，假如自己前身因為乃是天生靈慧者被拜神教盯上，自己若是再被發現，難保不會在步這個後塵。

「阿弟，你怎麼了？」看到江寧神色有些恍惚，江黎關切道。

「沒什麼，就是突然想到了一些事情。」江寧搖搖頭。

聽到這句話，江黎不由會心一笑：「放心吧。你要學武的事我已經安排妥當，為你尋得了一位良師。」

「良師？」江寧頓時搖頭：「大哥不必如此，拜師學武太貴了，我們承擔不起，只需要大哥教我幾門武藝即可。」

「讓我教你武藝？」江黎頓時連連搖頭：「這可不行。學武可不簡單，不能亂教，也不能亂學，一旦出了差錯，後悔莫及。」

他又繼續道：「況且如今我右手已廢，左手持刀如何教你？我為你尋得的良師乃是滄浪武館的王進，王進館主乃是入品武者，實力遠在我之上，且教學經驗豐富，絕對算作一位良師。」

「滄浪武館？王進？」江寧微微詫異，這些天他便覽群書，又向自家大哥打聽眾多，自然是聽過滄浪武館王進的大名。

這是無數習武者都想拜入的武館，一旦通過滄浪武館的考驗，成為武館真正弟子，對於尋常人來說堪稱一步登天，這一切不只是因為滄浪武館的強大，更是因為王進的身分。

隨後江寧搖搖頭，他十分清楚拜入滄浪武館需要繳納多少銀子。

即使大哥是捕快的身分，有吏籍加身，乃是朝廷的人，與滄浪武館王進也是有所關聯，但是也不會有任何例外。

隨即江寧開口：「大哥，即使我真要尋個良師，也沒必要是滄浪武館，拜入滄浪武館門下，這學費太過於昂貴了。」

「此事你不用擔心。」江黎道：「我為衙門出身入死，為縣尊出身入死，如今受此重傷，自然會有一筆衙門發放的撫恤金。」

他又小聲的對江寧說道：「阿弟，這事你可別告訴你嫂子，縣衙的撫恤金還要一段時間才會發放，我如今暫借了一些銀錢給你當作拜師費，這事讓你嫂子知道了又得嘮叨我了。」

話音落下，江黎呵呵輕笑，故作輕鬆。此刻江寧心中頓時五味雜陳，如此親情，他前世從未感受過。

隨後，江黎拍了拍他的肩膀：「夜深了，你先去睡吧。拜師的錢我已經交好了，所以你也不必再推遲，這筆拜師費可是退不了的，明日你乖乖與我同去滄浪武館即可。」

留下這句話，江黎走向柳婉婉，兩人回屋。

……

次日一早，旭日東升，天色大亮。

突然間一陣敲門聲響起。

「黎兄，在下徐雲峰前來拜訪。」

徐雲峰？聽到這三個字，江寧微微詫異，旋即瞬間回想起來。之前大哥帶自己去過衙門檔案庫一趟，自己也看過衙門的檔案。

徐雲峰，此人自幼無依無靠，曾與野狗奪食，為達目的不擇手段，能走到這一步絕非善類。

最關鍵的是，此人乃是在曹彬曹捕頭手下做事，而曹彬又是臨江縣巨無霸之一，曹家的嫡系血親。

曹家身為地頭蛇，與縣尊這個過江龍可是不對付，從過往一件件事情中江寧就看出了這一點。

能看出這一點也並不難，遍數前世的人類歷史，過江龍與地頭蛇之間的明爭暗鬥可是不勝枚舉，天然帶著極強的衝突。

大哥若是劃分陣營，一直以來皆是極為信任縣尊，大哥頭頂的馮捕頭也是縣尊一系。

此刻江寧心中頓時做出判斷，來者非善。想到這些，他連忙翻身下床，準備去大廳一觀局勢。

來到大廳後，就看到自己大哥江黎領著一位身穿皂袍長衫，腰間斜跨制式長刀的男子進入主屋大廳。

兩人入座後，大嫂柳婉婉給兩人紛紛斟上一杯熱茶。

「大嫂很漂亮。」徐雲峰滿臉讚嘆的看著柳婉婉。

江黎見此，頓時眉頭一皺，隨即緩緩開口：「徐兄，今日突然上門，究竟所為何事？」

徐雲峰看著江黎緩緩一笑：「你我乃是同僚，昨夜聽聞黎兄遇險，右手被廢，故此今日特地前來拜訪，順便送上一瓶療傷止痛的傷藥，還望黎兄不要推辭。」

說話間，徐雲峰也從他的腰間掏出一個陶瓷所製的藥瓶放在江黎面前。

看到這一幕，江黎微變的神色有些緩和：「多謝徐兄的好意。」

徐雲峰見此，臉上微微一笑：「在下來此還有一事。」

「何事？」

徐雲峰道：「曹頭聽聞你突發變故，倍感痛惜，想邀黎兄今晚戌時一刻去明月樓一聚。」

「曹頭？」江黎頓時神色驟變，神色有些不敢置信道：「可是曹彬曹捕頭？」

「正是那位曹大人。」徐雲峰肯定道。

得到確認的訊息後，江黎神色頓時變得更加難看了。

「黎兄可願賞臉？」徐雲峰緩緩問道。

江黎沉吟了片刻，然後緩緩點頭：「在下定當按時赴約。」

「好。」徐雲頓時滿意的點點頭，然後又看了一旁的柳婉婉一眼：「記得也帶嫂子一起去。」

此話一出，江黎神色再次大變。他旋即深吸了一口氣，轉頭對著柳婉婉道：「婉婉，妳先回屋。」

「是，黎哥。」柳婉婉點點頭，眉宇間有些擔憂地看了江黎一眼，然後轉身走出主廳。

等到柳婉婉徹底離去後，江黎目光如炬，神色大怒的低喝道：「徐雲峰，你什麼意思？」

「什麼意思？」徐雲峰微微一笑：「黎兄不應該問我什麼意思，應該問曹頭什麼意思才對。」

看著面前想要吃人的江黎，徐雲峰再次一笑：「曹頭的意思你應該明白，坊間傳言相信你也聽說過。」

此話一出，江黎臉色愈加難看，無比陰沉。

而此刻，江寧聽到這句話，也瞬間想起關於曹彬曹捕頭的傳言。據坊間傳言，曹捕頭喜美人，尤其喜好人妻。

江黎臉色一陣變化，眼神極其認真的看著徐雲峰：「在縣衙，曹家算什麼？縣尊才是縣衙的天，也是洛水縣的天。」

「愚不可及。」徐雲峰眼神不屑的看著江黎，似乎不屑與之為伍：「一個曹家是不如縣尊，但是加劉家和謝家呢？」

說到這裡，徐雲峰起身：「洛水縣在幾大家族的把持下宛如一個鐵桶，而拜神教卻越來越猖獗，你若聰明，也就不至於受此重傷了。你自己想想，此次圍剿拜神教，傷亡的捕快和衙役都是和誰親近？」

「縣尊算什麼？你若識趣，只要忍受一點點屈辱，就能如我這般得到曹頭的賞識。若是不從，憑你廢臂之傷，捕快是做不下去了，和曹家作對，你只能打道回府，成為一介平民。」

「到那個時候，你以為我還會這麼和氣的跟你說話嗎？曹頭對嫂子可是真的念念不忘。」

「若是從了，你和我一樣皆是曹頭的人，有曹頭的照顧，如今距離年底的考核也就四個多月，到時年底的考核你必然無恙，縣衙還有你的一席之地。至於你的傷亡撫恤金也能如約發放。」

話音落下，徐雲峰又丟下一句話：「黎兄兒女雙全，你很幸福。聽說黎兄對待自己的胞弟極好極好，兄弟情深，在下也非常羨慕。」

說最後這句話的時候，徐雲峰的目光落在江寧身上，面帶微笑。

看著徐雲峰的目光，江寧就彷彿看到一隻擇人而噬的猛獸。

下一刻，徐雲峰收回目光，大步走出房屋，虎虎生風，轉眼間就消失在視線中。

大廳中，江寧的目光落在曾經那名魁梧的漢子身上，頓時看到他臉色發青，渾身微顫，左手長袖中有滴滴血珠滴落。

整個主廳頓時陷入一片沉寂之中。

良久，江寧不由得開口：「大哥……」

此時，江黎也緩緩恢復平靜：「沒事，不用擔心我。」

「大哥，那你決定怎麼辦？」江寧道。

江黎神情平靜的開口：「如此寒人心之舉，我不信縣尊會任由曹彬倒行逆施。」

江寧聞言，卻是暗暗搖頭，會與不會，他人之心，誰能猜得透？但是根據剛剛徐雲峰的那番言論，明顯縣尊這條過江龍與當地幾大家族的地頭蛇已經爭鬥進入了白熱化。

若是大哥不從，當地幾大家族拿大哥用來殺雞敬候也未必。

要知道，自家大哥在衙門幹事多年，小有威望，但是卻一直都唯縣尊的命令馬首是瞻。如此人物，正好適合殺雞儆猴。

在地頭蛇的壓迫下，縣尊未必不會選擇妥協。

即使不妥協，夾在兩方大勢力之中，焉有活路？又有什麼好下場。

念及此處，江寧心中的危機感更甚。他可沒有忘記剛剛徐雲峰離去的眼神和話語，分明是拿自己和兩位侄子侄女來威脅大哥。

他日為了逼迫大哥妥協，難保不會做出什麼傷及自己和侄子侄女的事。

「還得是依靠自己呀。學武之事，如今看來刻不容緩。」江寧在心中暗暗道，隨即他又想到滄浪武館王進的身分。

根據他的了解和猜測，滄浪武館王進有可能與洛水縣駐軍王都頭有著血親關係。

而且，王進此人地位極高，絕對的武道入品強者，並且在武道一途上走得很遠。

在武道強者一人可成軍的世界，拳即是王進的權。自己拜入滄浪武館，至少明面上徐雲峰會略有忌憚。

更重要的是，自己若是能夠通過滄浪武館考核，成為武館的真傳弟子。

在這個世界，天地君親師，師與徒的關係，形同父子。自己若是能成為武館親傳弟子，憑藉著王進此人的臉面，徐雲峰也不敢動自己，更不敢對自己出手。

這等強者的親傳弟子，尋常捕快這種吏籍身分完全不能媲美。

想到這裡，江寧暗暗點頭：「如今來看，滄浪武館，確實是個好去處。面板若是能提升武道功法的經驗值，給我一點時間，我必然可以通過滄浪武館的考驗，成為王進的真傳弟子。做到這一步，不亞於跨域階級，就如同平民的身分和大哥享受吏籍在身。」

就在他思緒流轉間，來自於江黎的聲音陡然打斷了江寧的沉思。

「阿弟，你這是在想些什麼？」

見此，江寧道：「我在想剛剛徐雲峰離去的話，他分明是在用我和大哥的子女逼你就範。」

江黎頓時點點頭：「這點我也看出來了。他很聰明，你們皆是我弱點。」

說話間，江寧還是看到他左拳緊緊地握在一起，拳縫之間已被鮮血染紅。

隨即，江黎又道：「我相信縣尊，他不會不管不顧的。」

江寧搖搖頭：「大哥這般將全家性命寄託在縣尊的一念之間，殊為不智。」

聽到這句話，江黎頓時微微苦笑：「那可是曹家，劉家和謝家這三大堪稱巨無霸的家族，大哥除了寄託縣尊，完全沒有任何辦法。」

「我有辦法。」江寧道。

「什麼辦法？」江黎頓時眼神一亮，目光希冀的看著江寧。

江寧緩緩開口：「滄浪武館王進，乃是與洛水縣駐軍王都頭有血親關係，我只要能成為滄浪武館真正的弟子，那就是與王進有師徒之情，師徒之情比肩父子。如此應該可以受到王進的庇護，而王進與手握軍權的王都頭又有血親關係，無論是縣尊也好，還是四大家族也罷，沒人想去惹手握軍權的王都頭。」

「王都頭？」江黎口中喃喃，若有所思。他在洛水縣待了這麼久，自然也知曉頗多。

沉吟了片刻，他旋即點點頭：「若能與王都頭拉上關係，曹家大概是真的不敢動。在大夏，一百人為一都，其中最弱者也不比全盛時期的我差，入品武者組成的精英小隊都不在少數。」

「但是……」他看著江寧繼續開口道：「但是阿弟怎麼成為滄浪武館真正的弟子？王進的要求可是極高極高的，能成為滄浪武館真正的弟子，那可是能得到滄浪武館的真傳，必然入品的武者。」

江寧道：「這個無需大哥操心，我自是有這個信心。」

「行吧。」江黎點點頭：「阿弟有自信也是好事，試試也無妨。正好阿弟也要拜入滄浪武館門下。」

江黎眼神堅定道：「若是不行，我豁出命來也要求得馮頭出面，讓縣尊保下你們。」

看著江黎眼中的真情流露，江寧心中無比複雜。

人非草木，孰能無情。在穿越而來的這幾個月中，他早已認同今生的大哥大嫂。

大嫂雖然對自己頗有微詞，但是這兩個多月以來，自己換洗的衣物都是大嫂在幫自己洗，破爛的衣服也是大嫂幫自己縫上，好吃好喝的也從未少過自己分毫。

至於大哥就更沒話說了，長兄如父這句話在他身上完美的詮釋。

昨日也僅僅因為自己一句想習武，大哥就借來大量銀錢讓自己加入滄浪武館習武。

生而為人，如此親情，他如何不深受感動？如今突遇如此變故，他又怎能置身事外？

「也是輪到我來報答大哥大嫂的時候了。」江寧暗暗自語。

……

回到自己房間後，江寧叫出面板。

【名稱】：江寧。

【源能】：3.6。

【技藝】：識文斷字（一次破限４７／2000）（特性：過目不忘）。

看著自己的面板，江寧心中不由得思緒萬千。

突遇如此變故，他是萬萬沒想到的。

以他的了解，焉能不明白被曹劉謝三大家族惦記是何等的壓迫感，那可是洛水縣的半邊天。別說洛水縣曹劉謝這三大頂尖家族了，即使是徐雲峰這位習武有成的捕快對於尋常人都是強大的壓迫力。

習武有成，氣血強大，赤手空拳都能對付尋常十餘位壯漢，更別說持刀在手。

他沒有忘記徐雲峰離去的目光，這徐雲峰若是真心要逼大哥就範，就不會什麼都不做。

徐雲峰對自己而言是一個巨大的潛在威脅，這還是對方習武有成，沒有入品的存在。

若是武道入品，如曹彬曹捕頭之流。據自己大哥之前所說，武道入品之後，練皮大成，皮膚堅硬如銅，刀槍難傷，已經不是尋常人所能匹敵的存在。

所以江寧心中十分清楚，在這等武道興盛，偉力歸於個人的世界，一切所謂的危機局面皆是因為自身不夠強大的緣故。

如果自己武道入品，實力足夠強大，徐雲峰算什麼？曹彬算什麼？

更甚之，如那位大夏的鎮國武聖，整個天下都算不得什麼。

「一切就就看滄浪武館之行後了。」

……

晌午過後，吃完午餐，江寧就跟著自家大哥一同出門。

走在大街上，道路兩旁此時已經充滿了各種叫賣聲以及各種煙火的氣息。

「燒餅，燒餅！剛出鍋的燒餅，十五文錢一個嘞！」

「走一走看一看啊，上好的香油！」

「賣冰糖葫蘆嘞。」

……燒餅十五文錢一個？江寧頓時微微咂舌。

他還記得根據前身的記憶，燒餅僅僅是八文錢一個，如今卻是足足漲了一倍。

「管中窺豹，可見糧價必然大漲，這世道果然越來越亂了。」

大街上，江寧的眼神突然一凝，看著前方，前方赫然是一支敲鑼打鼓的隊伍。

「大哥，這是？」江寧眼中透露出疑惑。

江黎略微打量了一番，看到熟悉的標誌後，隨即開口：「這應該是拜神教的在民間的信徒，這是去城隍廟祭祀神靈祈福。」

江寧神色頓顯詫異：「拜神教？拜神教不是被衙門剿殺的對象嗎？怎麼會去城隍廟祭祀祈福？」

江黎搖搖頭：「我也不清楚，按上頭的意思，大致就是普通信徒不用管，剿殺拜神教的教徒才是任務。」

聽到這番話，江寧不由得暗暗搖頭。如此方式，怎麼可能壓得下拜神教，這種縱容的態度只會讓拜神教愈演愈烈。

宗教的強大力量他再了解不過，在前世的歷史已經無數次表明了宗教的危險。

不論是席捲東漢末年的黃巾之亂，還是清朝末年的太平天國運動，都表現出了宗教恐怖的力量。

即使在那個文明發達，科技先進的社會，也遙遠的西方同樣存在著那個世界第一大教，同樣有無數狂信徒。

在這個世界，或許曾經有過神靈存在的世界，也有超凡力量的世界，所以任何宗教都將會變得更加可怕，匯聚人心和力量的程度也會倍增。

江寧也不信洛水縣的三大家和縣尊不會不知道如此縱容拜神教的危害。此時此刻，他對於自己之前的判斷以及徐雲峰說的那番話所透露出來的訊息更是確信無疑。

如今的洛水縣分明是過江龍在和地頭蛇的鬥爭，而大哥大嫂這一家以及自己都捲入了這場鬥爭。

對於縣尊是如何重情重義，他完全不敢有任何寄託，所以他明白自己要想從這個漩渦中跳出，那就必須要尋找第三方。

駐紮在洛水縣之外的王都頭便是那個第三方，手握兵權，是他作壁上觀的底氣根源。如今自己要想借他的勢跳出這個漩渦，同時拯救大哥大嫂這一家，那就只能依靠滄浪武館王進的關係。

兩者皆姓王，有著血親關係。自己只要通過滄浪武館的考驗，成為武館真正弟子，那就有資格借勢。

「一切只希望面板足夠神奇。」他在心中暗暗自語。

……

隨即，兩人與那支匯聚了拜神教信徒的隊伍擦肩而過，然後沿著寬闊的大道徑直朝著內城走去。

半個時辰後，因為有江黎捕快的身分，兩人暢通無阻的就穿過隔著內城和外城的城牆，進入了洛水縣的內城。

在洛水縣有著內城和外城之分，外城居住的一般都是販夫走卒這種平民，治安環境比較亂；而內城則不同，五丈之高的內城城牆，把內外城分成了兩個世界。

內城居住的人非富即貴，治安因此也遠超外城，滄浪武館即是在內城。

一入內城，江寧便感覺彷彿來到了一個新的世界。

四通八達的道路兩側布滿了高聳粗壯的大樹和交相輝映的花圃。就連空氣中都傳來淡淡的花香，道路更是乾淨寬闊，可供五輛馬車並駕齊驅。

兩人坐上一駕馬車，江黎掏出十文錢對著車夫說道：「去滄浪武館。」

「好的，爺。」車夫哈腰點頭。

下一刻，馬車帶著兩人飛馳在內城之中，足足過了一炷香的工夫，馬車才緩緩的在一棟門上掛著「滄浪武館」匾額的大院前停了下來。

只要看看匾額上那四個大字，再看一眼前方建築物的占地面積，就沒有人會懷疑這間武館的實力。

內城可謂是寸土寸金。從江黎奮鬥這麼多年，都沒能帶領全家搬進內城就知道這裡的價格有多麼的離譜。

而滄浪武館，一眼看過去就知道占地面積非常大，單單武館正前方的圍牆合計就有有五六十公尺。

「來者止步。」

兩人剛剛靠近，就被大門兩側的兩位漢子伸手攔下。

「還請通報一聲，江黎攜胞弟如約前來拜訪。」江黎拱拱手。

門口兩位漢子頓時打量了江黎一眼，即使他們看見江黎身上穿著的官差服，也依舊神色淡漠，絲毫沒有普通平民百姓看見官差的畏懼之色。

隨後，一人轉身就往武館內部走去。

……

片刻工夫後，剛剛進去那人大步走了出來。

「王館主說了，讓你弟弟一人進去即可。」

聽到這句話，江黎點點頭：「明白了。」

隨後他看向江寧：「阿弟，拜師費我已經幫你提前交了，你進去後，王館主會教你武藝，但是要想通過考驗成為滄浪武館真正的弟子，一切還得依靠你自己。」

江寧點點頭：「大哥放心吧，我必然可以成為武館真正的弟子。」

他們的交談清晰地落入看守武館大門的兩人耳中。聽到這番話，兩人皆微微露出不屑的神情，除此之外，也並沒多說什麼，畢竟對此他們早已見怪不怪。

對於門前兩人來說，在武館的看門期間，不知道見過多少雄心壯志的少年懷著憧憬拜入滄浪武館。在入武館之前，誰不是自信滿滿？

其中幾乎都是來自於內城的富家子弟，甚至不乏有來自於大家族的嫡子。要知道，窮文富武，學武可是有錢人的東西。

他們身後誰不是資源豐富，從小被名貴藥材溫養，根骨不凡，在武道一途，天生就容易比常人走得遠。但是至今為止，能真正成為滄浪武館弟子的也就那些。

對於富家子弟以及大家族子弟來說通過考驗成為滄浪武館的弟子都很難，更別說眼前這位一眼看過去就是尋常人家出生的子弟。

尋常人家，單單拿出拜師費都極難。畢竟那可是一百兩銀子，足夠富足的一口之家吃個三年五載。

這還只是報名費而已，往後的練武需要銀錢的地方更多。不說其他，單單日常肉食對於練武之人來說就是家中的基礎常備品，沒有肉類的攝入，遲早會將身體練廢。

所以此刻他們絲毫不看好這位體型有些瘦弱的少年郎。

「跟我來吧。」其中一位體型魁梧的男子對著江寧開口。

隨後，江黎看著江寧的身影從滄浪武館的側門消失後，也放心地離去。

……

江寧踏過武館側門，來到大院，就看到有十來位赤膊的漢子在空地上有人在練拳，有人在抱著石塊練力氣。

察覺到又有新人來到武館後，他們也僅僅是微微側目看了江寧一眼，便不再理睬，繼續做著自己的事情。

江寧目光一凝，頓時被前院一角的景色所吸引。

那是……

只見前院的一個角落裡放著一座巨大的鐵籠，在鐵籠中有一隻斑斕大虎正在匍匐睡覺。這隻斑斕大虎體長足足有四公尺，充滿著巨大的壓迫感，粗壯的四肢更是能看出其擁有恐怖的爆發力。

「別看了，繼續跟我走。」魁梧漢子道。

江寧收回目光點點頭，繼續跟在他的身後。

穿過前院，兩人很快來到了武館的後院。

樹蔭下，一位蓄有鬍鬚的老者倚靠在藤椅上神情悠閒的搖動著蒲扇。

這位老者看起來約莫有五十有餘，但是身形非但沒有尋常老者的枯瘦，反而四肢遠比常人的粗壯，身上布滿了塊塊腱子肉。

在他的一側，站著一位身形修長高挑，穿著一身藍色練功服的女子。這位女子束著高高的馬尾辮，眉宇間布滿英氣，修長的天鵝頸白皙如雪，一眼看去就知出身非凡。

因為尋常練武之人必然皮膚黝黑，不可能如這位女子這般白皙如雪。

「你就是江寧？」老者睜開雙目，看著江寧出聲道。

「是的。」江寧躬身行禮：「小子見過王老前輩。」

「還算懂禮貌，不錯。」老者微微頷首，看著江寧略微有些滿意。

「過來。」老者開口。

江寧聞言來到老者身前，老者隨即起身，手掌落在江寧肩膀上微微一震，江寧瞬間感到一股如遭雷擊的感覺從肩膀傳遞全身。

這一刻，全身的骨頭彷彿散架了一般。

老者的手掌又在他四肢雙臂、胸口、後背快速掃過，僅僅數息之間，摸骨便已結束，老者重新坐回之前的藤椅。

「身子骨稍微有些弱，資質不好也不壞，練練前期工夫沒問題。」老者開口。

聽到這個評價，江寧並不意外。

什麼樣的人適合練武？臂大腰圓，天生神力；抑或是天生骨骼堅硬，身材魁梧。而他與這些都搭不上邊。

對此他並不失望，他的依仗不是武道天賦，而是那個神奇的面板。

看著江寧神情沉穩，老者微微點頭：「心性還行，寵辱不驚。」

隨即他又問道：「識字嗎？」

江寧點點頭：「識字。」

「看得懂祕笈嗎？」老者再問道。

江寧再次點頭：「看得懂。」

「不錯，難得來一個能看得懂祕笈的。武道修行如果連祕笈都看不懂，斗大字不識幾個，那還練個屁拳。」老者神情間透露出一些滿意：「等會你先去看幾遍祕笈，盡量記住拳譜要義，再來找我。」

「謝謝師父。」江寧躬身行禮。

老者擺擺手：「現在叫師父為時尚早，等你通過考核再說吧。剛拜入武館，你頂多算個記名弟子，半年內通不過考核，可就要捲鋪蓋走人。」

「傳道解惑，引我武道入門，在我心中就是我的老師。更何況，記名弟子也是弟子，既然是弟子，那就該稱呼您為師父。」江寧極為認真地開口。

「隨你。」老者擺擺手，然後對著身旁身穿貼身藍色練功服的女子道：「李晴，帶他去我的書房把《五禽拳》拿給他看。」

「是。」女子點頭，目光落在江寧身上：「跟我來。」

……

走出後院後，身穿藍色勁裝的女子對著江寧開口道：「我叫李晴，你今後叫我李師姐就好了。」

「見過李師姐。」江寧露出一個微笑：「李師姐，我叫江寧。」

女子見此，也嘴角微微一抿，朝著江寧笑了笑。

隨著這個笑容，兩人似乎也逐漸開始熟悉了起來。

女子一邊帶路一邊開口：「江師弟，來滄浪武館的目的是為了通過王館主的考核，成為武館真正弟子吧。」

「是的。」江寧連連點頭，露出善意的笑容。

「那你可知如何成為武館的真正弟子？」女子開口，邊走邊說。

江寧跟上腳步間微微搖頭：「不知，還請李師姐解惑。」

女子開口講述道：「你待會要學的乃是五禽拳，要想得到王老認可，必須在六個月內將五禽拳虎、熊、猿、鶴、鹿任何一形領悟精妙，達成大成之境，即有資格成為武館真正的弟子。」

「師姐，那大成難不難？」江寧問道。

「很難。即使是富家子弟，乃至大家族子弟要在六個月內達到大成都很難。」女子繼續道：「五禽拳乃是入了品級的下乘武學，突破大成，這需要極高的悟性。我當初也是花費將近五個月的時間才領悟鹿形精妙，達成一式大成之境，這還是在我與王老關係非凡，經常有王老的指點的情況下，你沒有王老的指點，會比我難上數倍。」

「師姐真厲害。」江寧毫不吝嗇地稱讚道。

女子聽到這句話，嘴角不由得微微露出一縷笑意，嘴角略有些得意。即使在內城，能成為滄浪武館弟子都是一件可以說道的事。

她自從成為王進的真傳弟子後，她能很明顯的感覺到，自己在圈子裡的地位得到了很大的提升。

畢竟王進一身實力放眼洛水縣就是最頂尖的強者，更別說王進背後更深層次的身分。但是絕大多數人即使想拜入王進武館也不能，這一切僅僅是因為派系，王進背後的身分眼下乃是中立派的代表。

她隨即開口：「既然你叫我一聲師姐，那接下來的六個月我會盡力指點你，至於你能領悟多少，那就看你自己的悟性了。」

「多謝師姐。」江寧認真地答謝。能與這位李師姐搭上關係，他自然不會有推辭的道理。

從剛剛這位李師姐跟在王進館主身邊的模樣，就知道她是滄浪武館的核心成員。以他的了解，任何通過滄浪武館館主的考驗，成為核心弟子的成員要不了多久皆是能成為入品的武者。

也就是說，眼前這位看似青春亮麗的少女或許要不了多久就是能成為入品的武者，甚至已然是入品的武者。

而且觀其外貌氣質就知道不是尋常人家出身，單單能與王進館主關係非凡也可見不其來歷非常不一般。江寧更是沒有推辭的理由。

女子看到江寧的神情，滿意地微微點了點腦袋，她隨後又叮囑了一聲：「學到五禽拳後，江師弟一定要認真揣摩其真意，若是江師弟能如我這般成為武館真正的弟子，那麼才有資格得到王老真正的傳承，才能見識我們武館為何取名為滄浪武館。」

江寧聞言，頓時鄭重地連連點頭：「師弟明白了。」

「好。」女子也滿意地點頭。

……

不一會，兩人來到武館偏僻一角的書房。

「在門外等我。」女子開口道。

江寧點點頭。

下一刻，女子推開書房大門，跨入其中。江寧在門外靜靜等候，此時他心中也是充滿了期待。

武道功法即將到手，而且還是一門入了品級的下乘功法，據他的了解，即使是自己大哥也沒有掌握一下乘功法，由此可見入了品級的下乘功法有多麼珍貴。

此刻他也明白為何之前大哥一定要自己拜入武館，兩者之間的差距太大了。

一門入了品級的下乘功法僅僅還是滄浪武館的考驗，若是能通過考驗，根據眼前這位師姐的說法，那才能真正接觸滄浪武館的傳承。

滄浪二字，無疑代表這個武館真正的傳承。對此，江寧更是心神嚮往。

僅僅過了十餘息的時間，隨著房門被重新推開，女子也重新出現在江寧的面前。

「這是五禽拳拳譜。」女子將手中拿著的一本微微有些泛黃的書籍遞到江寧面前：「這幾日你好好記住拳譜上的一切，若是有看不懂的地方來找我，等你大致記住後，再來找王老，他會親自示範一遍給你看。」

話音落下，女子又叮囑了一聲：「切記，這本拳譜不能帶出武館，每天離館前必須將拳譜重新交回我的手中。」

江寧接過拳譜摸了一下，心中就有底，這本五禽拳拳譜並不厚。他隨即微微搖頭：「記住拳譜不需要那麼久，給我盞茶工夫即可。」

「盞茶工夫？」女子眉頭微蹙，看著江寧的眼神中充滿不信。

江寧笑了笑，然後食指輕點自己的太陽穴：「李師姐，我有天生就擁有過目不忘的能力。」

「那好，那我就在這裡等你。你若真能做到，我待會就帶你去見王老，今日就開始學拳。」女子雙手懷抱，立於一旁，隨著她的呼吸起伏瞬間充滿一股靜謐恬然之態，彷若林間休憩的小鹿。

江寧也不再浪費時間，他翻開五禽拳的拳譜，從第一頁開始認真的翻開。

【識文斷字經驗值＋1。】

……時間緩緩流逝，一時之間這間小院充滿靜謐，只有風吹過樹梢「簌簌」的樹葉聲。

女子一幅靜謐恬然的模樣，站在江寧一旁自然祥和。

第三章 過目不忘

過了許久，隨著江寧翻看到最後一頁，這本五禽拳拳譜被他徹底翻看完畢。

【此次翻閱拳譜，識文斷字經驗值共計增加10點。】

看到這道提示，江寧心中微感詫異，如此短暫的翻閱卻是收穫了十點經驗值，如此效率大大出乎了他的意料。

旋即，他暫且將此事拋在腦後，微閉雙目。腦海中瞬間一頁頁浮現剛剛所看的五禽拳拳譜上面所記載的一切。

此刻他對於五禽拳也有了一個大體的認知。

這是一本入了品級的下乘武學，觀摩自然界中虎、熊、猿、鹿、鶴五種動物所開創的一門拳法。

虎形大成爆發力極強；熊形大成力道大增；猿形大成身形靈敏，騰挪如意；鶴形大成速度極快，身體輕易，提氣一點便可橫跨丈許之遠；至於鹿形大成，則是矯健輕靈，一躍便可跨越高牆，並且有壯大精氣神，調理身體狀態的一種拳式，如此刻立在一旁的李姓女子。

拳譜上既有呼吸法的記載，也有練法的記載。

長期習練五禽拳，有壯大體內氣血的功效，氣血壯大至貫通周身，充斥全身四肢百骸，這是武道入品前的基礎。

以此拳譜若是五禽同修，鑄造出來的武道根基極為紮實，殊為難得，是一本極為合適做來武道奠基的功法。

除去適合奠基外，虎形為爆發，猿形為身法，即使對敵，也絲毫不差。徹底了解五禽拳後，江寧對於這門拳法的認可度更高了。

對於他如今來說，這確實是一門極為適合他的拳法。同時他也暗暗感慨，之前那兩個多月的翻看家中書籍太重要了。

若非看過如此多的書籍，腦海中已經記載了很多關於這個世界的知識，他怎能做到看懂拳譜？

對於普通人來說，即使看得懂文字，給他一本拳譜也完全學不會、看不懂，若是貿然去練，必然會練偏，最終極易損傷身體。這也是學武為何需要有人引領，親自傳授的緣故。

一本拳譜，那是無數感悟的升華，含有先人的智慧結晶。

【名稱】：江寧。

【源能】：3.6。

【技藝】：識文斷字（一次破限57／2000）（特性：過目不忘）；五禽拳（未入門0／10）。

江寧看著五禽拳出現在他的面板上，瞬間讓他之前微微懸著的心落了下來。面板上的識文斷字這門技藝也因為他認真翻看五禽拳拳譜，短時間內漲了整整十點經驗值。

旋即，江寧睜開雙目，手中的那本拳譜則已經被他早已合攏。

「師姐，我看完了。」

「你記住了？」

「嗯。」江寧點點頭。

「全記住了？」女子瞬間微睜，滿臉不信地看著江寧。

「全都記住了。」江寧肯定道：「若是師姐不信，可以考考我。」

「好。」女子點點頭，十分認同江寧這個提議。隨後，她問：「第八頁記載的是什麼？」

聽到這個提問，江寧毫不猶豫的開口：「猛虎下山，神發與目爪生威，強筋壯骨……」

聽到江寧的回答，女子雙目更是瞪大，隨即她又問到：「第十頁第三行呢？」

「展翅凌雲之勢，方可融形神一體，發乎於……」江寧直接開口。

女子雙目漸漸瞪成渾圓地看著江寧。

過了半晌，江寧開口：「師姐還有什麼要問的嗎？」

女子搖搖頭，滿臉讚嘆地看著江寧，再無之前的正經之色：「我算是見識到了什麼叫過目不忘了。以你這種天賦，不應該來學武，而是應該去考取功名。」

江寧笑了笑，並未接話。

旋即，女子再次開口：「走吧。既然你已經全部記下拳譜的要義，那就跟我去找王老，由王老演練五禽拳給你觀摩更易入門。」

「多謝師姐。」江寧拱手。

……

兩人重新回到武館後院。

「怎麼就回來了？」躺在藤椅上的老者睜開雙目，看向踏入院中的兩人。

女子開口：「館主，江寧已經全部記下了拳譜要義。」

「全記下了？」老者眼神微凝，凌厲的目光看向江寧。

江寧拱手道：「師父，小子天生過目不忘，所以僅看一遍就能記住拳譜要義。」

「原來如此。」老者點點頭，他隨即起身：「既然如此，那我就親自演練一遍五禽拳給你看，好好看、好好記、好好學。」

「是，師父。」江寧應道。

「李晴，去把前院練功的那些人叫過來，讓他們再看一遍。」老者開口吩咐。

「是，館主。」女子點頭。身形躍動間，速度極快，僅僅幾步就跨出了這個院子，充滿了輕盈之意。

數息後，十餘人站成數列，擠在後院的入口處。

「你們也好好看，好好學。學好拳，才能改變你們的人生，才能主宰自己的命運。」老者開口。

「老師說得是。」瞬間有漢子趕緊拍馬屁。

下一刻，老者擺開架勢，突然間一聲虎嘯從他的口中爆發。

剎那間，江寧就彷彿看到一頭下山咆哮的猛虎，百獸之王的氣息如親臨此地。

江寧眼神微凝，全神貫注的看著老者的一招一式，絲毫不敢有任何分心。

女子在一旁，也同樣極為認真的看著老者演練的一招一式。徹底圓滿的五禽拳，即使是她每看一遍，都能生出新的感悟。

虎、熊、猿、鶴、鹿五勢圓滿，即使是她也沒有做到這一點。

在老者的演練下，先是虎形拳，然後熊形拳。

如果是虎形拳充滿了萬獸之王的爆發力，那麼熊形拳就給人一種立地生根，強大的力量感。

隨著五禽拳徹底演練完畢後，已然是一盞茶之後了。

待到老者演練結束後，江寧旋即閉上雙目。此刻，在他腦海中剛剛那一幕再次浮現，宛如被記錄下來的電影畫面，再次播放。

身後的那十幾名漢子在老者的揮手示意下，也默默地退出了後院。

足足過了半晌，江寧才緩緩睜開雙目。

「記下了多少？」老者問道。

「回老師，全部都記下了。」江寧開口回答。

「真的全部記下了？」老者再次開口追問。

江寧肯定地點點頭：「全部都記下了。」

「好，那你演練一遍給我看。」老者開口。

「是。」江寧躬身行禮，在院中擺開架勢，瞬間在腦海中回憶起剛剛王老所練的五禽拳。

剎那間，剛剛那一幕就栩栩如生的出現在他面前，彷彿王老再次在他面前練拳。

「過目不忘的效果對我練武的幫助果然極大。」江寧心中一喜，旋即他開始按照腦海中記憶演練五禽拳。

一招一式，皆是按照腦海中的畫面模仿，以及配合拳譜上記載的呼吸法。

一旁的王老看著演練的江寧，不斷微微點頭。

雖然此刻的江寧一招一式在他眼中都是顯得無比稚嫩，簡直就是照虎畫貓，但是這也足夠讓他滿意了。

因為從江寧的一招一式以及呼吸間的規律來看，儼然江寧是走在一條正確的道路上。即使此刻他的動作姿態再笨拙，那也是走在正確的道路上。

在江寧手中，足足過了一柱香他才正式演練五禽拳完畢。此刻，他的胸膛彷彿鼓風機一般喘著粗氣，渾身上下更是被汗水浸濕。

持續半個小時的練拳，已經早已到了他的身體極限，若非憑著一口意念支撐，他早已中斷了練拳。但是他卻能隱隱約約感覺到，此刻他雖然虛弱，但是身體似乎變強了一些，手臂也更加充滿了力量。

【五禽拳經驗值＋1。】

【技藝】：五禽拳（未入門1／10）。

當江寧看到眼前這個熟悉的提示後，疲憊的臉上頓時露出笑容。

「不錯，真不錯。」王老頓時連連點頭稱讚。

江寧喘著粗氣道：「這都是師父教得好。」

王老微微頷首：「你確實是全部記住了。看來你剛剛真沒有騙我，你真的有過目不忘的天賦。」

旋即他又滿臉的感慨：「以你的這種天賦，應該去參加科舉，考取功名才對。這才是最適合你最能出人頭地的道路。」

江寧開口：「老師，現在這世道你也清楚，如果沒有一點武藝傍身，那一旦遇到變故都沒自保能力。」

王老聞言，也頗為贊同地點頭：「是這個道理，如今這個世道還是需要學點武藝。你這個想法確實沒錯。」

旋即他擺擺手：「第一次就將拳法練完一遍，對你身體的本源損耗來說不少，下去好好休息一下，待會離去前去後廚領一碗湯藥，明日中午就在武館吃飯。切記，練拳猶過不及，就猶如夜夜笙歌，過於勤奮可是會傷了身體本源。」

「多謝老師教誨，小子明白了。」江寧面露喜色地拱手。

「不必謝我。交了學費，我就會負責你們六個月的中午伙食，省得你們來回跑，浪費時間。至於晚上的伙食，喝完湯藥後你們自己回家解決。」王老擺擺手：「你先退下吧，沒事就別打擾我睡覺。」

「是。」江寧行禮告退。

等到江寧退出後院後，王老這才對著身旁的女子開口：「李晴，妳覺得他如何？」

「還行。」女子微微點頭：「有些希望。」

「哦？那我倒是要拭目以待了。」王老躺在藤椅上呵呵笑道。

……

另一邊，江寧的身影剛剛出現在前院，一位男子就迎了上來。只見他身穿青色華袍，頭頂束髻冠，一副器宇軒昂的模樣，一眼看起來就知道非富即貴的出身。

「兄臺就是今日加入武館的弟子？」青色華袍男子抬手對著江寧拱手。

「是的。」江寧也隨之拱手：「不知兄臺是？」

「噢。」青色華袍男子微微一笑，隨即開口：「我名周興，你叫我周師兄即可。」

江寧瞬間明悟：「在下江寧，見過周師兄。」

「原來是江小師弟。」身穿青色華袍的周興露出笑容：「不知江小師弟來自於城中的哪家哪族。」

「來自於外城的普通人家。」江寧如實道。

「原來是外城。」周興聽到這番話，非但沒有表現出低看一眼的姿態，反而更是顯得熱情：「江小師弟普通人家出生能湊齊銀錢拜入我們滄浪武館，可見其中必然充滿了艱辛，師兄非常佩服。」

話音落下，他隨即又在腰間摸索，下一刻，他從懷中掏出一個錦盒。

「我既然做為師兄，初次與師弟見面，恰好師弟開始習武，送一支野參給師弟，來日我們師兄弟得要多親近親近。」周興將他從懷中掏出的一個紅色長方形的錦盒遞在江寧面前。

江寧頓時神色訝異的看著他。

「江小師弟收下吧。」周興露出平易近人的笑容。

旋即，江寧開口：「既然如此，那多謝師兄了。」

「同為師兄弟，就如同一家人，何必如此見外。」周興擺擺手，頗為灑脫。

他旋即又開口道：「我就不多做打擾江小師弟了，我先去拜訪王師傅。江師弟好好學拳，來日通過王師的考驗成為武館真正弟子，我請你喝酒，不醉不歸。」

「好。」江寧應道。

……

「周師兄真是大氣啊，出手就是野參。」

「是啊。武館眾師兄中，也就周師兄最為仗義了。」

「沒錯，也待人最為和煦，即使是對待我們外城來的弟子，也從未有過輕視和不屑。」

「……」

待到周興離開後，江寧聽到周圍的議論聲，心中有些明白了。

「這周興倒是一副仗義疏財的人設，於這個世道中倒是個聰明人。」他暗暗自語。然後打開手中的紅色錦盒，瞬間看到一支有十公分長的人參躺在錦盒中。

「確實大氣，一支這樣的野參需要十到二十兩銀子吧。」江寧心中讚嘆道：「也不知道這位周師兄是何來路？」

旋即，他直接扯下幾根野參鬚，大約占野參的十分之一，然後放入口中緩緩咀嚼。

剛剛他配合呼吸法完整練了一遍五禽拳，如今身體已經脫力，渾身都已然被汗水浸濕。但是隨著他將口中被嚼碎的野參鬚咽入腹中，頓時感覺到身體漸漸開始回力。

「果然是好東西，難怪說窮文富武。」江寧隨後將裝有野參的錦盒認真放在腰帶中。

感受到身體不斷恢復的體力，江寧又來到旁邊的古井痛飲了清涼的井水。

「吼——」

突然間，一聲咆哮聲在他耳邊響起，彷彿驚雷炸響。

江寧抬頭看去，只見之前在鐵籠中沉睡的萬獸之王如今已經甦醒，對著空地中的眾人發出猙獰的咆哮聲。

「江師弟，看到了吧。這是王館主之前親手抓回來的猛虎，長期觀摩這隻猛虎，有助於你領悟虎形拳的神與形，能領悟神，即可拳法大成。六個月內拳法大成，則就代表你的悟性足夠，有資格成為武館真正的弟子，接觸武館核心傳承。」耳邊一道女子的聲音響起，有一絲空靈。

江寧不用回頭也知道開口之人是剛剛的那位身穿藍色勁裝的女子，名為「李晴」的師姐。

他點點頭，心中瞭然地問：「師姐，這麼說來的話，那麼武館中絕大部分人都是專研虎形拳吧？」

「不錯。虎形拳最重爆發，既是一門不錯的練法，也是一門適合用來應敵的拳法。」李晴肯定了江寧的這番言論，然後繼續說道：「所以我也建議你專研虎形拳，你出生既不富，也不貴。能不能成為武館真正弟子，這個結果可以改變你未來的命運。」

兩人交談間，江寧也感覺到體力漸漸在恢復，這一小段時間就已經恢復了許多。

「這野參的藥效真強。」感受到體內的變化，他再次暗暗感慨。

「你吃了周興送的野參？」李晴突然開口道。

「是的，師姐是怎麼看出來的？」江寧問道。

「你臉色發紅，心跳變快，頭頂有熱氣升騰，明顯吃了大補之藥。」

「師姐，這不會有問題吧？」

「沒問題，周興家乃是做草藥生意的，都是正宗的野參，這種野參對於你這種尚未練武的人來說有些補，你需要練拳消化。有野參的藥力，你隨意練拳都不會傷及身體本源。」李晴開口為其解釋道。

聞言，江寧頓時安心：「師姐，那我這就是去練拳消化。」

李晴向後退去，騰出空間。她又叮囑了一聲：「江師弟，最好只專研虎形拳，如此你才有可能在六個月內領悟猛虎的神與形，方能達到虎形拳的大成之境。」

聽到李晴師姐的這番話，江寧笑了笑，並未多言。

從剛剛五禽拳的拳譜上他已經得知，這門拳譜唯有五勢齊修，齊頭並進才是最正確的修煉方式。

因為五勢齊修，方能快速的凝練氣血，氣血壯大，貫通周身，才能武道入品，也唯有如此，才能不暴斂天物，浪費這本武道奠基的功法。

單修一勢，確實在一勢上更易精進，但是對於武道之路卻是沒有多大的幫助。縱使虎形拳修煉至大成，一拳轟出神形具備，調動周身力量，可以爆發出尋常人數倍的力量又能如何？

體魄得不到鍛鍊，氣血得不到壯大，身體素質終究比常人高不了多少。

在氣血貫通四肢的武者面前，所謂的拳法技巧不過是如同小兒玩鬧。絕對的身體素質，可以碾壓一切技巧。

氣血貫通周身的武者，以力壓人，隨意一拳便可以轟殺普通人，所以江寧怎麼可能聽李晴的話，舍本而逐末？

有面板在，只要勤奮，只要努力提升經驗，就能讓五禽拳沒有任何瓶頸地突破。

拳法每一次突破，所帶來的氣血凝練效果也會更上一層樓，這才是他變強的根源。

有面板這個依仗，他又怎會與那些人這般，為了能通過考核，成為武館真正的弟子，而去浪費時間修一門單一的拳法，單一的拳勢？

五勢齊修，五形並進，可以讓他實力快速的提升，實力提升才能無懼徐雲峰等人的威脅。

隨後，江寧站在前院擺開架勢，調整狀態準備習練五禽拳，獲取經驗值，讓這門拳法盡快達到入門的層次。

此時此刻，前院的漢子看到江寧開始練拳，皆紛紛停下他們各自的練功，神色好奇地看了過來。

隨著江寧開始練拳，頓時有人雙目大睜。

「這小子不是中午才加入武館嗎？難道現在就已經記住了拳譜要義？」

「不急，看下去。」有人開口，依舊堅持自己之前的觀點。

其餘人更是認真的看著江寧練拳。

剛剛他們觀摩完王老練拳後就一直在暗中議論江寧，因為他們有人記得江寧是中午剛剛入門，而此刻只是下午，王老就親自演練一遍五禽拳，這讓他們不得不心生疑惑。

武館新入門的弟子，唯有將五禽拳拳譜全部記住，方有資格讓王老下場親自演練一遍五禽拳。

此刻隨著江寧一招一式的練拳，眾人也從不信漸漸變成了相信。

「不可思議，他竟然真的在如此短暫的時間將拳譜徹底記住。」

「確實不可思議，而且他這一招一式以及運用呼吸法之間的韻律，竟然完美符合拳譜上的記載，這天賦有些嚇人啊。」

「……」

一眾大漢見此，紛紛發出驚嘆的聲音。

而此刻身穿藍色勁裝的李晴卻是眉頭微蹙，因為此刻的江寧分明是在完整的練五禽拳，而非是其中一門的虎形拳。

看了一盞茶的工夫，她微微搖頭。心想江寧大約十八歲的年齡才開始習武，已然落後別人三年以上的黃金習武年齡，還不知抓住機會。空有一副不錯的皮囊，卻是不會抓住機會改變自己的命運。

這一刻，她心中對於江寧充滿了一股失望的情緒，隨即她轉身離去。

此刻，同樣有人注意到了李晴的神情。

畢竟一位如此高挑修長，氣質甚佳的女子在武館中必然會招來眾多目光，甚至是暗生愛慕。但是他們也知道這位女子身分必然極其富貴，遠在他們之上，不是他們所能染指的，故沒人有染指追求的想法，僅僅只能在暗中三不五時偷看。

「李師姐這是為什麼搖頭啊？」有人低聲的開口。

「這都看不出來嗎？李師姐這是對這位師弟有些失望。」有人開口解釋。

「為何失望啊？」那人面露疑惑。

「還沒看出來嗎？這位剛入門的師弟雖然天賦不錯，記憶力必然極高，但是明顯看不清自己，都大約十七八歲的年齡了，本就落後了幾年的黃金習武年齡，五禽拳不去專攻虎形拳，卻是五禽齊練。」

「我明白了，難怪李師姐有些失望。認不清自己只會浪費時間，浪費改寫命運的機會。」

「不錯。」有人點點頭：「從這位新入門的師弟從穿著看起來，就能明顯的看出他只是出生於普通人家。對於外城的普通人家來說，湊齊拜入武館的銀子都不容易，從他這個年齡才加入武館習武就能看出他家中條件一般，最佳習武的年齡乃是身體發育成熟，大約十五歲的年齡，而他如今看起來明顯又十七八歲的年齡了。如此年齡才開始學武，卻是不知道抓住能改變自己命運的機會。」

「是啊。」有人頗為贊同：「半年內，領悟猛虎的神與形，將虎形拳推至大成，即可成為武館真正的弟子。滄浪武館弟子的身分對於我們來說都是非常重要，更別說對於普通人而言，那是足以讓他們跨越階層，改變自身命運的機會。」

「……」

眾大漢議論了片刻便紛紛散去，不再去過多的關注江寧。

而此刻，江寧按照腦海中記下的畫面，配合呼吸法，不斷調整自己的動作，卻是越練越暢快。體內一股股暖流從腹中湧上周身各處，讓他非但沒有任何剛剛脫力的感覺，反而越來越龍精虎壯，渾身上下彷彿有使不完的勁力。

【五禽拳經驗值＋1。】

隨著一遍練完，看到道熟悉的提示，他心中充滿了振奮。

「再練八遍，我的五禽拳就能入門。」隨後他又趁著體內藥力還有效果，繼續練第二遍拳法。

……

從後院出來的周興臉上露出如沐春風的笑意，他目光微微掃過前院眾人，瞬間被正在練拳的江寧所吸引。

「這是……」他神色訝然，眼中充滿了異樣的色彩。

做為武館真正的弟子，並且早已武道入品的存在，他五禽拳也早已達到了真正的大成之境，其中虎形拳更是領悟了拳法真意，達到了虎形拳最高境界的圓滿之境。

如此拳法境界，放眼整個武館都是前幾的存在。

圓滿層次的拳法，非但需要極高的悟性，更需要那靈光一閃的契機。所以此刻他一眼就看出江寧所練的五禽拳有多麼的正確，一招一式，雖然有些稚嫩，但是都如拳譜上的記載，尤其是呼吸節奏，更是保持地完美無缺。

「這江師弟好強的學習能力。」他心中暗暗震驚：「今日入門，就能達到如此標準的拳法，這記憶力和學習能力未免太強了。」

看到這一幕，他也不著急回去了，而是停在原地繼續觀看江寧練拳。

【五禽拳經驗值＋1。】

看到面前這個提示，江寧趁熱打鐵，繼續練習第三遍拳法。

而此刻，周興看到江寧第三遍拳法練到一半後，眼中更是閃過陣陣異彩。通過與前一遍的對比，他從旁觀者的角度，以及他五禽拳大成的角度來看，明顯能看出江寧的拳法又精進了些許。細微之處的動作更加標準，呼吸法也更加運轉如意，一招一式也比之前快上一些，但是動作卻沒有大錯。

【五禽拳經驗值＋1。】

直到第三遍拳法練完，江寧這才感覺到有些微微的力竭。

「呼——」他旋即輕吐一口濁氣，停止了繼續第四遍練拳的想法。

【此次練拳，五禽拳共計增加3點經驗值。】

【技藝】：五禽拳（未入門4／10）。

「還要再練六遍五禽拳即可成功入門。」江寧暗暗自語，隨後又握了握拳頭，他頓時能感覺到手臂間有些緊繃的肌肉，渾身上下都充滿一股力量感。

「不愧是真正的武學，僅僅練幾遍就能給我帶來明顯的提升。」他再次暗暗讚道。

「以這種速度提升，我必然可以通過王進的考驗，成為武館真傳弟子。那個時候，那我即使堂而皇之站在徐雲峰面前，他也不敢動手。」

「即使是曹彬，只要他不是傻子也不敢動。龍蛇之爭，沒人會選擇把不亞於他們的中立派推向對方，即使只是有這個可能，也沒人會去冒險。」

想到這裡，江寧心中一片大好。

一旁的周興雙手鼓掌。

「周師兄。」江寧露出笑容。

周興也是滿臉的笑意：「江師弟好強的學習能力，今日才剛剛上手，五禽拳竟然已經有模有樣。」

江寧微微一笑：「周師兄謬讚了，我不過是天生記憶力強，過目不忘，照虎畫貓罷了。」

「原來如此，不然那就有點太打擊我。」周興點點頭，溫和一笑，江寧的回答並未出乎他的意外。今日入門就能使出如此標準的拳法，這其中最關鍵的就是記憶力和學習模仿能力，這與武道天賦完全沒有關係。

武道天賦再高，悟性再強，那也要先記住拳法和動作呼吸要領才能展露自己的天資和悟性。

所以今日江寧的表現，在他看來也僅僅只能證明他的記憶力和學習力非常之高，遠超常人的高度，並不能證明其他。

隨即周興又開口道：「不過即便如此，江師弟的天賦也是很厲害了。至少江師弟的起步就比常人高出太多。」

周興神情突然變得有些唏噓：「我還記得我當初僅僅為了背下五禽拳的拳譜要義，就整整背誦了三天三夜，屬實有點羨慕江師弟的天賦啊。」

江寧笑笑。

周興又道：「天色有些晚了，我得回去了。江師弟練拳切勿操之過急，不要虧空了身體。」

江寧點頭：「多謝周師兄關心，在下明白。」
臨走前，周興又提了一句：「江師弟，野參的效果可還滿意？」
「滿意。」江寧點頭。
「滿意就好。」周興笑笑，然後朝著武館外走去。
……
來到武館外，一駕馬車早已等候在門口多時。
「少爺，今日怎麼在武館逗留這麼久？」一位身穿黑色勁裝，腰間別著一柄長刀的男子開口。
周興露出習慣的笑容：「看到一位剛加入武館頗具天賦的弟子，就多逗留了一會。」
「那少爺可是有意招攬他？」黑衣男子開口。
周興搖搖頭：「我的家族生意雖然需要好手，但也是寧缺毋濫，他能成為真正的武館弟子再說。不成為真正的武館弟子，尋常人家的出身要想武道入品可沒那麼簡單。」
「少爺不是說他頗具天賦嗎？難道他都不能通過考驗？」黑衣男子問道。
「難說，看他剛剛練拳的模樣，明顯仗著記憶力出眾，想五種拳法都同練，他若是不能及早醒悟其中的困難，九五成以上的機率會失敗。」
「既然如此，那少爺不妨開口指點他一下？」

周興搖搖頭：「他人有他人的命運，沒必要去強行干涉，容易徒增煩惱和憎厭。」

……

武館中，江寧模仿拳譜中記載的鹿憩，呼吸三短一長，靜靜恢復體力。過了片刻工夫，隨著體內野參藥效的繼續發揮，他感覺到精力和體力再次變得充沛。

旋即，他又開始繼續練拳。

有面板在，每完整的練一遍拳法，經驗值就能增加一點。而十點經驗值，就能做到讓五禽拳入門。

這個目標擺在眼前，並且近在咫尺，讓江寧充滿了動力。

【五禽拳經驗值＋1。】

又練完一遍拳法後，江寧再次休息了半刻，讓殘餘的藥力在體內漸漸的揮發。直到體力和精力重新恢復，他又進行下一次的練拳，五禽拳經驗值再加一。

「還需要四遍。」江寧看著面板上不斷增加的經驗值，心中愈加的振奮。

又足足休息了半個時辰，此刻夕陽也漸漸落下。

在落日的餘暉中，他再次從頭至尾演練一遍完整的五禽拳。根據腦海中的記憶畫面，他不斷的糾正自己與王進之前演練給他的五禽拳，盡可能地達到貼合一致的狀態。

漸漸的，江寧拳法越打越快，揮舞的拳頭帶動衣袖，在空中發出烈烈作響的聲音，拳法也越打越是順暢。

直到收拳，他口中發出一聲暢快淋漓的輕喝。

剎那間，達到極限的身體感覺到胸口處似乎有一口氣血迸發，原本即將力竭，如今卻是猶如被甘霖澆灌，瞬間恢復了一些力氣。

【五禽拳經驗值＋4。】

四點經驗值？江寧心中暗驚。

隨後，他的注意力就被自己身體內部的變化給吸引，此刻他感覺到一股似有似無的暖流從自己的血液中生出。

「這是……」他瞪大雙眼。

江寧沐浴在最後的一點夕陽的餘暉下，眼神明亮，他能清晰的感覺到這股暖流在體內自行穿梭，所過之處如同沐浴溫泉，極其舒服。

「這難道就是拳譜中記載的氣血之力？」他在心中發問。

「根據拳譜中的記載，練出第一縷氣血之力，便是代表觸摸到了武道的根本，壯大氣血，使氣血可以加持全身，這是武道入品的必備條件。」

他閉上雙目靜靜感受這股暖流不斷的流經全身，所過之處氣力自身。

「這種感覺……這種感覺太爽了。」他的神情不由得有些痴迷。

此刻他也有些明白前世中為何有這麼多人沉迷於健身，身體增強的快感實在令人感到痴迷和沉醉。

這是他第一次真切的感覺到練武的快感，這種體魄增強的快感比前世任何健身都要來的明顯。

看著自己的面板，江寧此時恨不得再練一遍拳法，發洩心中的暢快，但是他明白，如今的身體不能支撐他繼續練拳。

【技藝】：五禽拳（入門0／100）。

練拳過猶不及，剛剛身體已然達到極限，若非胸口處迸發出來的那口大血，此刻他都要面臨脫力的狀態。

江寧從懷中掏出錦盒，打開看了一眼：「得省著點用。」

他隨即又重新合上錦盒，將錦盒放回腰間，嘆息：「窮文富武啊。」

這一刻，江寧深刻的認知到這個說法。整整一個下午他能練足足七遍五禽拳，所依靠的正是那顆野參。

他知道，自己只要再吃一片野參，體力和精力又能恢復如初，支撐他練最後一遍五禽拳，讓五禽拳達到入門的層次，但是他捨不得。

如今日下午這等消耗，一顆完整的野參也支撐不了幾天。

恢復了一點體力，江寧想了一下，隨即再次擺開架勢。

這一次，他準備做個實驗，試試摸魚式的練法能不能同樣做到增長五禽拳的經驗。

下一刻，他一招一式隨意打出，呼吸也如平常那般隨意而為，不去運轉符合五禽拳的呼吸之法。

過了片刻工夫，一道身穿藍色勁裝的身影從後院走出。她微微開口，聲音就清晰的傳入前院中眾人的耳中：「湯藥已經備好，可以去後院領取了。」

此話一出，眾人紛紛停下手中的練功之舉。

「走走走，去後廚領取湯藥了。」有人興奮道。

說完這句話，李晴看向還在練拳的江寧。看到江寧鬆鬆垮垮的架勢，胡亂呼吸的節奏，她眉頭不由皺了皺。

「江師弟，你也該去後廚領取湯藥了。」

「不急，等我練完這套拳法。」江寧一邊練拳，一邊開口，同時他打拳的速度更快了，呼吸也是顯得急促。

看到這一幕，李晴的眉頭更是緊皺。動作無力，呼吸沒有任何章法，在她眼中與扮家家酒無異。又看了小一會，她微微搖頭，轉身離去。

而江寧也加快速度打完了一遍拳法。收拳而立，他原定靜等了幾個呼吸，沒有出現任何獲取經驗值的提示。

「果然行不通。」他確認了心中猜想。

下一刻，江寧就速度飛快的衝向武館後廚的方向。

吃過周興送給他的野參後，見識了其藥效之強，對於之前王進說的湯藥他也更加重視。

第四章

獲取源能點數

來到後廚，只見在一張八方桌上，早已擺放好著最後一碗冒著熱氣騰騰的湯藥，一位身穿圍裙的中年大媽在圍裙上擦了擦手。

「你這小伙子再不來，這碗湯藥我可就要自己喝了。」

江寧訕訕一笑：「抱歉，剛剛練拳不好中斷。」

「別說這些沒用的，快點喝掉這碗湯藥，湯藥若是涼了藥效可就沒這麼好了。」身穿圍裙的中年大媽開口。

江寧也不再多言，連忙從桌上拿起最後一碗黑色的湯藥。在鼻尖聞了聞，他就感受到一股並不好聞的氣息，旋即屏住呼吸，大口大口的灌入喉中。

「呼——」

直到整碗湯藥入腹，他才長長的吐了一口氣。

「走了，該回家了。」有人開口，陸陸續續的走出後廚的院子。

夕陽此時徹底沉入山背，天光越來越暗，夜幕也開始降臨。

……

走出滄浪武館後，江寧又回頭看了一眼身後的武館。下一刻，他大步朝著城外走去，身上漸漸沒有了剛剛練拳結束的那股虛弱感。

「武館的湯藥果然不錯，雖然沒有野參的效果來的明顯，但是每天一碗卻也不虧。」

江寧有些興奮走在路上，突然間，他神情微變，眼神驟然一凝。

只見遠處的街角，徐雲峰身穿捕快服，右手搭在腰間握著制式長刀，他看著江寧露出淡淡的笑容，卻彷彿一條毒蛇。

徐雲峰看著朝外城走去的江寧，亦步亦趨的吊在江寧身後，不遠也不近。旁人看起來，只會覺得這名捕快正在例行巡街。

從內城的滄浪武館來到外城的住所，江寧足足走了一個小時。他也一直沿著城中的大道走，拒絕一切人影稀少的小道。

……

外城，江黎坐在院子，看到江寧身影的那一刻，他臉上露出笑容。下一刻，他臉色瞬間一冷，眼神也驟然變得凌厲。

「黎兄。」徐雲峰看著江黎的目光，不以為意的笑了笑。

「徐雲峰，你可別太過分了。」

「黎兄何出此言啊？」徐雲峰再次笑了笑：「最近城中有些亂，各大幫派頻頻發生械鬥，我一路護送令弟回家，黎兄怎麼非但不感謝，反而像對待殺弟仇人啊。」

聽到這番話，江黎眼中殺機凌厲。

徐雲峰見此，絲毫不以為意，他旋即又笑了笑：「黎兄儘管放心，以後但凡碰到令弟，我都會一路護送，防止令弟被那些幫派中不長眼的傢伙傷了。」

即使此刻江黎再蠢，也完全聽出了徐雲峰話中蘊含的意思。他看著徐雲峰離去的身影，心中不由得充滿無力感。

如果是以前，面對如此囂張的徐雲峰他完全敢握刀砍去。可是此時，右手一廢，他的一身工夫十去八九，如何是即將入品的徐雲峰對手？

而他身後不止有胞弟，還有妻子和子女，心中不由得生起陣陣的無力。

他看到回家的江寧，問：「阿弟，你沒事吧？徐雲峰沒拿你怎麼樣吧？」

江寧搖搖頭：「大哥我沒事。」

他隨即又胸有成竹地開口：「大哥也不用擔心，徐雲峰今日上門，不過是給大哥壓力，讓大哥屈服。他如今是不會輕易對我出手的，而且我如今身為滄浪武館的弟子，他更不會輕易招惹滄浪武館的王進。」

對於這些，在他看到徐雲峰的身影後就已經想明白了。所以即使一路被徐雲峰跟著，他也絲毫不慌。

滄浪武館王進這個人在洛水縣可不是小人物，江寧也看過關於王進的記載。以王進的性格，武館弟子無故被人殺害在街上，他完全敢衝入衙門將行凶的捕快活活打死，畢竟王進的身後可是有城外的駐軍的王都頭。

一位手握軍權，有資格作壁上觀的大人物，誰又敢輕易招惹？

所以江寧十分清楚，徐雲峰跟著自己又現身在自家大哥的面前，這不過是在給自家大哥壓力罷了。

不過，僅僅只是武館的普通弟子還不足以讓徐雲峰過於投鼠忌器，若是能成為王進的真傳弟子，那就真的無懼徐雲峰了。

王進的真傳弟子，即使尋常捕頭也要給他面子，給王進面子。那個時候，應該就真的暫時安全了，他如今得更加努力才行。

江寧此刻的決心更加堅定了。

與此同時，聽到江寧這番分析，江黎也有些安心的點點頭：「還是阿弟看得通透。」

隨後江黎又露出笑容：「阿弟快跟我來，今日你的嫂子可是做了大餐在等你。」

江寧笑了笑，連忙跟上自家大哥的腳步，但此刻他心中並沒有表露出來的那麼輕鬆。

他知曉徐雲峰是不會輕易對自己出手來逼迫自家大哥，除非自己特意走進無人的小路。

但是，江寧可沒有忘記他剛剛說的那句話，這無疑潛藏著另外一層威脅。

徐雲峰他自己不會輕易出手，但可能會請人出手，例如各大幫派中的那些打手。

此時江寧也不知道自家大哥剛剛有沒有聽出徐雲峰話裡有話的意思，但是他也不準備說出來。即使說出來也沒有什麼作用，只會徒增煩惱，讓自家大哥擔憂。

這方面的威脅，只能靠自己，只要自己實力變強，自然可以應對這些小小的威脅。

徐雲峰也不過是尚未入品的存在，而且也只是一個捕快，他能指使的混混又能強到哪去？待自己實力再提升一些，自然不懼。

……

走進大廳，坐在凳上的小豆包愉快地搖晃著小短腿，一臉的開心。

「喔喔！嘟嘟回來囉，終於可以開飯啦！豆包要餓扁啦。」

「叔叔。」一旁的小男孩不鹹不淡地開口。此人正是江黎的大兒子，江一鳴。

「一鳴的功課做得怎麼樣了？」江寧笑著問。

「不需要叔叔關心。」江一鳴淡淡地開口。

「不可對你叔叔無禮。還記得我之前怎麼跟你說的嗎？」柳婉婉瞪了江一鳴一眼。

江一鳴不由得縮了縮脖子：「叔叔，對不起，是我不懂事。」
江寧笑了笑，揉了揉他的腦袋。
「嘟嘟，我也要。」小豆包拚命地搖晃著她的小短腿。
江寧見此，臉上露出笑容，也順手揉了揉她的腦袋。
「你們兩個都入座吧。」柳婉婉開口，隨後她掀開倒蓋在菜上的大碗，頓時一股股熱氣冒起，菜香四溢。
「哇哦，哇哦，好多肉肉呀。」小豆包雙眼冒光，連連發出驚嘆。
聞到飯菜的香氣，江寧腹中也傳來陣陣飢餓的聲音。
「看來阿弟是真的餓了。」江黎哈哈大笑。
江寧也訕訕一笑。練拳練了一下午，他的腹中自然是空空如也。
「你們兩兄弟就別聊天了，快吃吧。」柳婉婉開口，然後將一碗壓得嚴實的米飯放在江寧面前。
「多謝大嫂。」江寧發自內心的開口。
「既然進了武館，就好好練吧。不要辜負你大哥對你的期望。」柳婉婉一邊給江黎盛飯，一邊開口。
「大嫂放心吧。」江寧道。
「謝謝夫人。」江黎接過一碗大米飯，笑呵呵的開口。

飯桌上，江黎開口：「阿弟，今日學拳學得如何了？」
說話間，江黎夾了一大塊肥瘦相間的肉放在江寧碗中。
「很不錯。」江寧點點頭。
「看來阿弟在武道上天賦不錯。」江黎有些開懷。
「嘟嘟好厲害。」一旁的小豆包也用力地拍著巴掌。
就連江一鳴也不由得多看了自己這位便宜叔叔江寧一眼，隨即又埋頭吃飯。
……
月光清冷，江寧站在院中。
【技藝】：五禽拳（入門0／100）。
他看著自己的面板，若有所思。
「剛剛下午練拳時，竟然又一次增長了四點經驗值。如此來看，並非是練一遍拳法只能增長一點經驗值，而是只要認真練拳，最低增長一點經驗值才對。」
略微想了想，江寧便覺得這十分合理。
尋常人練武都有頓悟一說，更有高屋建瓴，觸類旁通的說法。若是每次練功最多只能增加一點經驗值，他日自己武道大成，參悟一門普通的下乘武學豈不是單單入門都要練個十遍？那未免也太不合理了。
「眼下這樣才對。」他心中更是興奮。

有這個面板在，代表他天道酬勤，努力必然有收穫，這簡直是一條直指通天的道路，他怎麼能不興奮？

旋即，他輕吐一口濁氣，緩緩壓下激動的內心。想看看入門後，五禽拳有什麼變化？

根據拳譜上的記載，練習拳法凝練出第一縷氣血，則代表五禽拳入門。入門境界的五禽拳，每練一遍都可以錘鍊體魄，有機會凝練氣血之力，姑且試試。

江寧握了握拳，下午練拳所消耗的體力，如今隨著那碗湯藥以及他吃飽飯後，早已悉數恢復，渾身精力充沛，體內更是充滿了無處發洩的力量，如今正是練拳的好狀態。

下一刻，江寧擺開架勢，隨即開始練拳。

在臺階上，江黎也坐在椅子上靜靜的觀看，看著江寧一招一式配合運轉的呼吸法，虎虎生威的模樣。

「不錯，真不錯。」他滿意地點點頭。

【五禽拳經驗值＋1。】

當這個提示出來的那一刻，江寧頓時感覺到體內又生出一縷暖流。暖流所過之處，如沐浴在暖泉之中，無比舒暢。

他能感覺到體魄在這氣血之力的溫養下不斷的增長。

【技藝】：五禽拳（入門1／100）。

剎那間，隨著五禽拳的突破，達成入門。

「如今一共有兩縷氣血。」江寧握了握拳頭，兩縷氣血在他體內如臂指揮般穿梭。

當氣血之力來到右掌時，在氣血之力的加持下，江寧能感覺到右掌變得更加充滿力量。這即是五禽拳入門後的效果，能運轉氣血之力配合五禽拳。

這種情況下，氣血之力湧入拳頭，運轉虎形則爆發力極強，運轉熊形則力量大漲，立地生根。

氣血之力湧入雙腳，運轉猿形則身形靈敏，騰挪如意，運轉鶴形則速度大漲。

下一刻氣血相融，他運轉虎形拳對著身前的樹幹一拳轟出，拳勁爆發，一聲悶響後，小樹搖晃，樹葉嘩嘩作響。

「這是……」坐在椅子的江黎看到這一幕瞬間瞪大雙眼，有些不敢相信地問：「這是氣血之力加持拳頭嗎？」

此時，江寧收回拳頭後，只見原本與樹幹相比脆弱的拳頭上僅僅只是皮膚泛紅，而沒有任何傷口。

「果然，唯有掌握氣血之力，才能勉強算作武者。」他暗暗自語，又朝著院子的一角走去。

那個角落放著兩排石鎖，從五十斤、一百斤、一百五十斤到一千斤不等。

「也不知道我練了一個下午的拳，力量是否有增加？」

他來到體積最小的石鎖面前，這是一塊五十斤的石鎖，他單手一提，就輕輕鬆鬆提起。

「確實簡單很多，看來我練拳一下午，力量果然有所增長。」江寧把五十斤重的石鎖重新放在地面，然後右手握在旁邊一百斤重的石鎖上。

「也不知道能不能提起這一百斤的石鎖。」他暗暗自語。

之前他就嘗試過提起這一百斤重的石鎖，然而任憑他使出吃奶的勁，也不能完全提起。

這也很正常，因為據他的了解，前世一位成年男性，單手能提起一百斤的啞鈴都並不多見。

更何況這一世他年僅十八，生活在類似於封建的時代，營養遠不如前世的正常男性，所以之前他單手提不起一百斤重的石鎖他感覺也很正常。

腦海中雜念一閃而過，江寧右手瞬間發力，百斤重的石鎖瞬間脫離地面，被他單手提在空中。

「我的力氣果然有所增長。」江寧又單手嘗試掂量了幾下，直到有些力竭這才放下手中的石鎖。

「單手提百斤重的石鎖還有餘力，看來力量在短短的一個下午就提升了一至兩成，這效果果然真明顯。這只是單純的身體變化，若是配合氣血之力，實力提升更加明顯。」

這一刻，江寧對於這方世界的武道有了一個初步認知，武道功法的效果遠比前世的任何鍛鍊之法要神奇太多。

而另一邊，江黎瞪大雙眼的看著江寧此刻的舉動。

「我這阿弟難道是武學奇才不成？僅僅練武一個下午，他就達到如此效果？」

……

試驗完畢後，江寧趁熱打鐵，又再次繼續練拳。這一次，僅僅花費一刻鐘出頭的時間就完成了一遍五禽拳。

他又感受了一下體內，心中一喜。

「按拳譜上的記載，五禽拳達到入門後的境界，方能有機會凝練出氣血，但也僅僅只是有可能。」

「尋常人練個三四遍拳法，才往往能凝聚一縷氣血，只有天賦和悟性極高，才能保證近乎每練一遍拳法都能凝練出一縷氣血。」

「我如今練了兩遍拳法，每遍都凝練出了氣血，這是否說明我能做到百分百凝練氣血？」

江寧感受了一下自身狀態，因為武館的那碗湯藥以及那桌豐厚的晚餐，大約還能支撐他再練兩遍拳法。

「姑且試試看。」他暗暗自語。

就在這時，江黎的聲音在他耳邊響起：「阿弟，你這是凝練出了氣血？」

江寧抬頭看去，就看到江黎起身看向自己充滿驚愕的眼神。

「是的。」江寧點頭，選擇據實相告。

「竟然真是如此。」江黎不由瞪大雙眼的看著江寧，似乎他這是第一次認識江寧。

看到江黎這個模樣，江寧笑了笑：「五禽拳乃是下乘武學，只要做到拳法入門，那麼凝練出氣血就是水到渠成之事。我記憶力強，看一遍就能記住拳譜，看王進館主練拳一遍就能完全記住，又有一位師兄仗義疏財，入門之時送了我一顆價值十幾兩的野參。」

「如此來看，送阿弟去滄浪武館學武果然是對了。入門就相當於回本十幾兩銀子，不錯，真不錯。」江黎哈哈一笑。

江寧也是不置可否的微微一笑，一顆價值十幾兩銀子的野參，確實是個意外驚喜。若無野參強大的藥效幫助，他也無法在一日內做到拳法入門。

……

是夜，江寧又再次練了兩遍拳法，雖然沒有意外之喜，僅僅增加了五禽拳兩點經驗值，但是也再次凝練出了兩縷氣血。

如此，他的氣血總量也來到四縷。這四縷氣血之力融合在一起，那道氣血之力也變得更加粗壯了，在他體內四處流轉，不斷溫養他的體魄。

練完那兩遍拳法後，江寧也能感受到自己的身體不能再繼續練拳了。察覺到如此狀態後，他也不再勉強。

強行練拳，過猶不及，必會傷身。

他隨後也向江黎問出了自己心中的疑惑，那就是徐雲峰究竟是處於何等層次實力。

隨後經過江黎的描述，江寧也大概知曉大哥曾經的實力和徐雲峰的實力。

在大哥江黎未受傷之前，他全盛的時候氣血之力已經貫通四肢，所修的功法也是一門極為普通大眾的下乘刀法，主殺敵之效，副錘鍊氣血；而徐雲峰則不同，徐雲峰極有可能達到了九品武者之下的極限，氣血貫通全身。

兩相對比，徐雲峰明顯要高出江黎一籌。

了解這些後，江寧心中也明白自己如今與徐雲峰相比，相差還甚遠，兩者的實力完全不在一個層面上，但是他也並不氣餒，更無多少懼意。

憑藉自己進步的速度，只要給自己一些時間，他遲早能超過徐雲峰。

如今加入了滄浪武館，至少在武館的這幾個月徐雲峰這種聰明人既不敢，也不會對自己出手。但是江寧也知道，自己也可能會在哪天被捲入兩大幫派之間的械鬥廝殺之中。

徐雲峰為曹彬做事，為了逼大哥就範，之前的威脅可能會進一步化為事實，自己在這之前必須盡快提升拳法境界。

拳法只要大成，就能通過王進的考驗，成為武館真傳弟子。

正所謂背靠大樹好乘涼，成為王進真傳弟子，其身分地位不亞於尋常的官吏富商。徐雲峰這種情況下都不敢動自己，更別說那些能被徐雲峰指使的幫派了。

次日清晨。

【名稱】：江寧。

【源能】：3.9。

【技藝】：識文斷字（一次破限69／2000）（特性：過目不忘）；五禽拳（入門4／100）。

當他打開自己的面板後，瞬間一愣。

「源能竟然一日增加了0.3？這是我兩個多月以來，唯一一次源能增長出現

0.3的情況。」

「如此來看，之前我的推斷是正確的。源能的增長與我當日的攝入能量有關。」

「我昨日攝入了一顆野參的十分之一，同時又攝入了武館的一碗湯藥，以及肉食和大量的米飯，所以才能做到一日增加0.3的源能。」

他若有所思，心中對於源能的增長邏輯漸漸明悟。

「看來過些天我就得想辦法搞錢了。沒錢沒野參這等補藥支撐我練拳，源能也會因此增長緩慢。」

他此刻對於窮文富武這四個字的認知更深了，財富對他習武而言，太重要了。

接著他繼續練五禽拳。

「五禽拳入門至精通已達百分之五的進度了。」江寧又握了握拳頭，氣血之力流轉，湧入他的右拳。

「氣血貫通一臂被稱之為氣血小成，我如今還差得太多了。」

他腦海中頓時又產生了一個新的想法。也不知道五禽拳破限，究竟能產生什麼特性？

想到這裡，他隨即微微搖頭：「我有些想多了。武道功法也是入門、精通、小成、大成、圓滿五境。唯有圓滿之後方能破限，以眼下取得五禽拳經驗值的效率，也不知道還要多久。」

隨後，江寧又來石鎖面前，右手抓在百斤重的石鎖上，輕輕一提便脫離了地面。

「比昨夜更加輕鬆，看來我的體魄又增長了些許。」感受到力量的變化，江寧心中暗爽，每時每刻都在進步的感覺讓他有些沉迷，恨不得一天二十四小時都用來練拳，用來提升經驗。

「不急。」他暗暗搖頭：「急功近利不可取。身體的承受力總結是有限的。我這種進步速度已經是遠在常人之上了，況且任何瓶頸對我都無效，這才是我最大的優勢之一。」

另一邊，剛剛走出房間的江黎看到此時江寧提起石鎖測試力氣，他的眼神不由得一縮，眼中閃過一抹驚訝。

阿弟的力量似乎又進步了，比昨夜提著這石鎖還要輕鬆。

此時，江寧放下手中百斤重的石鎖，來到旁邊一百五十斤重的石鎖面前。右手發力，石鎖的三個角瞬間離地，但是最後一個角始終無法脫離了地面。

「看來距離一百五十斤力量還差得有點多。應該在一百一十斤至一百二十斤之間。力量前期的增長果然很快。」江寧微微搖了搖頭，放棄了繼續測試力氣的舉動。

隨後，他在休息恢復體力間，又繼續拿起昨夜未看完的書籍慢慢翻看。

【識文斷字經驗值＋1。】

……

「阿弟，過來吃飯了。」

一道聲音傳來，江寧也停止了翻閱，合攏手上的書籍。

【此次翻閱書籍，共計增加6點經驗值。】

【技藝】：識文斷字（一次破限75／2000）（特性：過目不忘）

「還是識文斷字這門技藝取得經驗值比較簡單啊。」江寧深有體會。

……

江寧來到主屋，熱氣騰騰的白粥已經擺在木桌上，其中還漂浮著一些肉末。

「阿弟快吃吧。吃完了我送你去武館？」江黎熟練地給自己夫人柳婉婉盛一碗白粥，同時對江寧說道。

「大哥今日要與我同去？」江寧有些詫異的開口。

「嗯。」江黎點點頭：「昨日徐雲峰一路尾隨你回來，我準備從今天開始接送你往返，有我在，徐雲峰就不敢動你。」

「不可。」江寧搖搖頭繼續開口：「大哥若是與我前去，那大嫂帶著兩個孩子在家不安全。」

江黎滿臉胸有成竹：「此事阿弟就不用擔心了。我早已有安排，衙門中會有過命交情的兄弟在這一帶巡邏。」

柳婉婉此刻也開口：「小叔不用擔心我們三人，你大哥好歹還是衙門的人，也是有吏籍在身，徐雲峰是聰明人，聰明人不可能幹出強闖住宅這種大不韙的事。」

「在衙門年底考核到來之前，我們三人就不會出什麼意外，你大哥也出不了意外，只有你不同。你每日從武館來回的路上什麼意外都可能發生。」

江黎又笑著開口：「你嫂子說得很對，而且阿弟你能不能成為武館弟子才是眼下最重要的事，你的成就可是攸關我和你嫂子，如此情況下，你的安危怎麼能小覷？」

江寧靜靜聽完大哥大嫂的這番言論，心中充滿觸動。他如何能不明白，兩人的這番話肯定不是臨時想說的。

大哥和大嫂昨夜肯定徹夜長談，才會有今日的這番談話。

他再次堅定的搖搖頭：「大哥大嫂不必多言，我今日去武館就準備長居武館了。」

「長居武館？」江黎陡然抬頭。

江寧點點頭：「是的，我準備去跟王進館主求點事做，然後這段時間就長居武館。」

「這……可以嗎？」江黎有些遲疑。

江寧也搖搖頭：「我也不知道能不能行，但是我想試試。」

「那行。」江黎果斷的點點頭：「試試也無妨，若是能長居武館，對你練武肯定有所幫助，省得每天來回跑，而且如此一來你也確實會安全很多，待會去武館我再送你一趟。」

「好。」江寧點點頭，也不再反駁。

……

片刻之後，幾人就吃完了早餐。

「大哥先等等。」

臨走前，江寧回屋一趟，僅僅數個呼吸就重新出來。

「阿弟，你這是拿了什麼東西？」江黎看著江寧腰間鼓鼓囊囊的地方。

江寧笑了笑：「一點防身手段。」

說話間，他又拍了拍自己腰間。此地放著的東西不是其他，而是前世影視劇中經常能看到的石灰粉。

石灰粉看似是小東西，但是在近身搏殺時毋庸置疑是真正的好東西。

同時，他身上還帶了一本書籍，練拳閒餘時分用來獲取識文斷字經驗值用的書籍。

……

一個時辰後，兩人出現在滄浪武館大門前，這一路上沒有生出任何波瀾。

「回去吧。」江寧開口。

「好。」江黎點點頭，然後再次說道：「下午我會再過來一趟。」

江寧笑了笑：「大哥儘管放心吧，我會讓館主留我下來的。」說完他大步朝著滄浪武館的大門走去。

江黎看著江寧消失在武館大門的身影，也轉身離去。

……

武館前院，江寧一身短褂，隨著練拳完畢，他頭頂冒出裊裊熱氣，此時五禽拳入門經驗來到八點。

他握了握拳，感受到體內再次增長的幾縷氣血之力，之前心中的陰霾一掃而空，一點一點增強的實力讓他心情轉為舒暢。

江寧來到武館前院的井邊，咕咚咕咚連灌了幾大口清冽的井水，這才從懷中掏出紅色的長方形錦盒，只見錦盒中正躺著一顆野參。

江寧用指頭掐下一小截，大約只占整株野參的十分之一。

當那一小截野參就進入他的腹中後，剎那間，江寧就感覺到腹中的那截野參被他不斷地消化和吸收。野參釋放的藥力隨著他體內氣血的搬運，很快便通往四肢百骸。

原本因為練了兩遍五禽拳，有些虛弱無力的身體，如今卻是在以極為明顯的速度恢復。

「周興師兄確實大氣，這種野參對我的幫助確實大。」江寧靜靜感受身體的變化。

突然間，有人歡呼：「王師來了。」

江寧睜開雙目，頓時看到一身短褂，裸露的粗壯手臂上盡是肌肉的王進緩緩從後院走出。

此刻，隨著王進身影的出現，所有人都停下了手中的動作，規規矩矩的站在原地。

王進看了一眼朝氣蓬勃的眾人，頓時滿意地點點頭。

「拉開距離，各自練拳。我會一一指點你們各自的問題。」王進緩緩開口，聲音不大，但是卻清晰的傳入眾人的耳中。

「謝王師指點。」有人開口對著王進行禮。

其餘人也紛紛響應對著王進行禮：「謝王師指點。」

江寧見此，同樣抱拳行禮。隨後他眼中閃爍，略微思索了片刻，然後便退至一旁的空曠處。

「勿要東張西望，勿要交頭接頭，全力展示自己的練拳成果。」王進背著雙手，緩緩朝著前方走去，眾人也開始一一展示自己所專研的五禽拳。

王進一邊朝前走去，一邊看著眾人所展示的拳法，臉色平靜至極。

而此刻，江寧也開始全力演練五禽拳。他知道，這是一次機會，一次展示自己的機會。

正常情況，滄浪武館是不可能缺人，也不可能招人的。他要想留在武館長居，並沒有那麼簡單。

所以他十分清楚，唯有展示自己、展示自己的天賦、自己的價值，如此方有可能性。

隨著江寧的全力練拳，動身呼吸節奏也與昨日腦海中所記錄下來的王進演練的五禽拳趨同。

不斷地最佳化動作的細微處，不斷地調整呼吸節奏，江寧也越打越順，整個人進入了一種特殊的狀態。

此刻，王進的腳步也驟然一頓，他看向江寧的眼中閃過一抹異色。

「虎形拳已入門，這是……一日入門？氣血初生？」王進的腳步停頓了一息不到，依舊緩緩向前，不顯山不漏水地暗暗打量。

同時，他也三不五時指點其他漢子錯誤的姿勢和呼吸節奏。

只有江寧，他一時之間竟然找不到任何錯漏的點，最多也就有點微不足道的小瑕疵。越是暗暗打量，他心中也是驚訝。

突然間，他眼中驚訝之色一閃而過，因為此刻的江寧一舉一動皆勢大力沉，雙腳好像落地生根。

「熊形拳竟然也是入門了？」

王進心中暗暗一驚，此刻他也繞了眾人一圈。

「繼續練，我不說停，誰都不準停。」王進一開口，眾人心中一緊，更是不敢有絲毫偷懶的動作。

而此刻，江寧的腦海中早已忘卻了其他，沒有了任何雜念，僅僅只有純粹的練拳。

江寧拳法越打越快，也越打越順暢。

熊形拳結束後，他的身形驟然一變，呼吸法也發生了改變。他此刻身形如猿般敏捷靈敏，在狹小的方寸之地騰挪閃轉。

「猿形拳也已入門。」王進眼神一凝，若有所思：「這小傢伙不會是五禽兼具，並且全部入門了吧？」

念及此處，王進心中微微一動。常言道，良師難尋，但是能傳承衣缽的徒弟同樣難尋。在他心中，此刻的江寧已入他的法眼。

隨後王進更是不著急離去，靜靜地立於原地，觀看眾人練拳。王進不動，眾人也不動。

江寧也從猿形拳至鶴形拳，身形再變，呼吸法再變。最後以鹿形拳收尾，一舉一動由激烈直接轉變為輕緩舒和，呼吸節奏也變得極緩、極長。

【五禽拳經驗值＋3。】

【技藝】：五禽拳（入門11／100）。

看著眼前的面板，江寧心中一喜。

「進度過十分之一了！以這種效率，最多三五天內我就能完成五禽拳的突破。」

另一邊，王進微微頷首，滿意地看了江寧兩眼。

「這小子果然完成了五禽拳真正的入門，也初步凝練出了氣血。」

「不錯……真不錯！比那些妄圖走捷徑留下來的小傢伙強太多了。五禽拳不五禽同修，算個屁的五禽拳。」

然後，他來到眾人面前，又道：「我今日再練一遍拳法給你們觀摩。好好看，好好學。」

「是！謝王師！」眾人躬身行禮。

隨即剎那間變得全場寂靜無言，王進隨即擺開架勢，在眾人面前一招一式緩緩練拳。他的動作並不快，反而在江寧眼中看來有些慢，應該是特意放慢動作，以便眾人觀摩。

一炷香後，江寧認真看完，閉上雙目，腦海中頓時再次回放剛剛王進所練的五禽拳。不久之後，他睜開雙目在心中微嘆。

「王進這次所展示的五禽拳，一板一眼，簡直是教科書般的標準。但這種標準的五禽拳，對我反而沒有幫助了。」

此時，王進也早已離去，整個前院也逐漸變得喧囂。

……

整個上午，江寧因為有野參發散藥力的幫助，休息了片刻又繼續練拳，絲毫捨不得浪費任何藥力。

要知道，一株野參價值可是十餘兩銀子。以他了解的當前世界物價，一兩銀子，其購買力大約等同前世的一千元，可以讓窮苦人家生活足足一個月。

一株野參的價值，放在這個世界也等同於可以讓窮苦的一家四口生活一年，他怎麼捨得浪費？

若是失去了野參的幫助，他獲取五禽拳經驗的效率會大幅度減少，實力也將提升的更加緩慢。

整個上午，隨著他一遍又一遍的練拳，五禽拳的經驗值也在不斷地上漲。

直到中午開飯前，五禽拳的入門經驗已經來到了十四點。

晌午時分，午餐結束後，江寧敲響王進所在的後院大門。

第五章

短暫的安全

「進。」門內，一道有些蒼老的聲音傳出。

江寧也緩緩推開後院的大門，赫然宛如昨天那般，看到年約五十的王進祥和的躺在藤椅上曬太陽，好像一位普通的莊稼老漢。

除了王進身邊沒有李晴師姐，與昨日看起來一般無二。

「師父。」江寧微微行禮。

「這個時候來找我可有什麼事？」王進開口。

江寧神情恭敬：「我想長居武館，求個事做。我不要工錢。」

「求個事？為何？」王進有些好奇。

江寧沉吟了一息，便開口：「武館外有人想對付我。」

「原來如此。」王進點點頭，然後繼續開口：「既然如此，那你就留下來吧。每日練功結束後，去後院劈柴可能接受？」

「能！」江寧點頭，心中一喜。

「工錢沒有，管吃管住，可能接受？」王進再問。

「能！」江寧再次點頭，然後拱手：「多謝師父大恩。」

王進雙眼微瞇，顯露出皺紋，臉上的皮膚也形成褶皺，他隨後揮揮手：「那下去吧。」

隨後他又叮囑了一聲：「好好練武，只要把五禽拳練好，誰想對付你直接打死就行。五禽拳真正的核心是五禽齊修，只要達到一定的火候，實力可不會弱。」

「是，弟子明白了。」江寧躬身。

……

退出後院，江寧臉上露出一抹微笑，懸著的心也落了下來。

能長居武館，那自身安危就暫時無憂。滄浪武館即使放在整個洛水縣都是最安全的幾個地方之一。

江寧練了一遍拳後，消耗了中午恢復的體力，又直接取出那顆野參。如今時間緊迫，他自然不會吝嗇野參的消耗。

拳法每精進一步，氣血每多凝練一縷，他的實力也會強上一分，又是十分之一總量的野參入腹。

江寧就感覺到體內傳來陣陣暖流，在藥力的支持下，心臟躍動變得有力而強勁，渾身精力逐漸變得充沛。

他也在前院直接開始練拳，整個下午都在練拳中度過。

中途他也出去了一次，與自家大哥江黎道別，告知自家大哥館主已經同意自己長居武館了。回來之後，江寧依舊繼續練拳。

直到夕陽西下，武館的湯藥已經熬煮備好，他這才停了下來，此時的五禽拳經驗已經來到入門四分之一的進度。

看著面板上的變化，江寧頗為興奮。五禽拳達到這一步，體力的氣血之力總量也高達二十幾縷，二十幾縷的氣血之力匯聚在右臂，江寧能感覺到自己所能爆發出來的力量更強了。

……

江寧來到後廚的院子，端起一碗湯藥，幾大口下去，一碗湯藥就已經全服進入他的腹中。

湯藥進入腹中，快速的被他的身體吸收，渾身都開始散發著一股暖意，四肢百骸中的疲勞在不斷的退去。

就在他閉眼感受身體變化的時候，一道洪亮的聲音響起：「誰是江寧？」

江寧睜開眼睛看去，正是武館中掌管後廚的大媽。只見她穿著圍裙，身材粗壯堪比水桶，渾身都長滿厚實的腱子肉，一眼看起來就是兩百斤起步的重量，如此體型天然帶著一股壓迫感。

她在圍裙上擦著水漬，雙目在人群中反覆掃視。

「我是。」江寧連忙開口。

「原來是你這小子。」身材魁梧的大媽反覆掃了江寧幾眼，嘖嘖開口：「長得倒是俊俏，不過身上沒有幾兩肉，能幹得來重活嗎？」

「能！」江寧自信道。

「那行，跟我來。」

兩人離開後，朝著隔壁的那間小院走去，身後也傳來陣陣的低聲議論。

「你們有人認識他是誰嗎？孫大娘找他這是何事？」

「誰知道呢，師弟你去問問孫大娘？」

聽到這回答，那人脖子微微一縮，連連擺手：「算了。」

……

來到隔壁的院子，江寧頓時看到這間小院的空地上晾曬著一條條豬腿，這些豬腿因為被太陽暴曬了一整天，下方滴落的油脂已經把地面浸濕。

而且這些豬腿明顯被煙燻火烤過，即使隔著幾公尺開外，也能聞到陣陣肉香。

「奢侈，真奢侈。」江寧喉嚨微動，暗暗地嚥了下口水，在心中連連吐槽武館的這種浪費行為。

醃製並且晾曬的肉食在前世算不得什麼，只能說是尋常人家儲藏的食物。但是在這個世界，鹽鐵管制的世界，鹽是一種較為貴重的生活必需品，尋常人家都捨不得浪費一粒鹽。

肉也不用說了，普通人家一年到頭，都難得沾上幾次葷腥。對於練武之人來說，鹽和葷腥更是必不可少的食物。

武館這種醃製食材的方式，在他眼中簡直是暴殄天物。

「嘿，小傢伙看得流口水了吧。」看到江寧直勾勾的目光，身材壯碩的孫大娘一笑，臉上的橫肉一抖一抖。

江寧訕訕一笑，微微點頭。

「想吃嗎？」孫大娘笑了笑。

「想。」江寧從心開口。

聽到這句話，孫大娘神情一個恍惚，回神之後，她微微搖頭：「你這小傢伙倒是坦率。」

江寧頓時露出一臉陽光的笑容。

「真像啊。」

看著江寧的笑容，孫大娘神情再次有些恍惚。定了定神，她對著江寧開口道：「小傢伙，跟我來。」

「好的，姐。」

「叫什麼姐？」孫大娘臉上莫名閃過一抹紅霞：「我都年過三十有餘，快要四十了，我姓孫，你以後叫我孫大娘就好了。」

「這不好。」江寧搖頭：「叫大娘不合適，孫姐哪有這麼老，要不我以後還是喊妳大姐吧。」

「那隨你。」孫大娘一臉無所謂的開口，眉宇間卻是不自然地露出笑意。

……

孫大娘領著江寧來到院中一角的涼棚處，指了指涼棚下堆積成山的木材。

「按王館長的吩咐，今後這些砍柴的任務就交給你了。你這小身板沒問題吧？」

「沒問題。」江寧看著前方堆積的木材，連連點頭。

「既然沒問題，那你就去做事吧，我得去準備晚餐了。」孫大娘開口。

「好的，大姐。」江寧開口。

來到劈柴的木樁前，江寧拿起一根四十多公分的厚實圓木。

「好重。如此沉重，這圓木的質地不一般啊。」他微微有些詫異的看著手上的厚實圓木，旋即將手中厚實的圓木放在木樁之上。

他巡視了周圍一圈，只找到一柄長約五十公分，刀背厚實的柴刀。

「看來是沒有斧頭了。」江寧暗自說道，操起那柄柴刀掂量了一下，便知曉其重量在五斤之上。

「是個粗活。」此刻江寧也明白為何剛剛孫大姐會問他有沒有問題。

厚實沉重的圓木加上這柄重達五斤的柴刀，無疑是個很重的粗活。

江寧站在木樁前，右手握緊柴刀，對準前面的圓木用力一劈，「喀嚓」一聲木柴的斷裂聲傳來。

江寧也不由得鬆開柴刀，甩了甩被震麻的右手。

「小傢伙，吃得消嗎？」孫大娘從廚房的窗戶探出頭來。

「孫大姐，我沒問題。」江寧朝著孫大娘笑了笑。他揉了揉手掌，血液流通之下，發麻的手掌頓時好了很多。

他旋即又握緊柴刀，單腳踩住圓木，氣血流轉之下，右手發力瞬間將卡在圓木中的柴刀拔出。

下一刻，江寧手握柴刀，體內氣血再次流轉至右臂，隨後對著之前劈開一半的圓木狠狠發力。

一刀落下，圓木瞬間一分為二。

「不錯。」悄無聲息間，身後傳來一道平和的聲音。

江寧轉身看去，然後立刻放下手中的柴刀，躬身行禮：「師父。」

「不用管我。好好劈柴，劈柴也是練功的一種。滄浪二字，可是一門刀法。」王進緩緩開口。

而江寧聽到這句話的時候，眼睛驟然一亮，心中瞬間明瞭，明瞭王進為何讓他幹這劈柴的工作。

「看來我上午的表現入了王進的法眼。」江寧心中頓時明白了來龍去脈，旋即更是幹勁滿滿。

入了王進法眼，也就暫時不用擔心個人安危了。尤其是在他如今能長居武館的情況下，更是不用擔心。

隨後，江寧再次扶起一塊厚實的圓木，氣血流轉湧入右臂。一刀下去，圓木一分為二。

「氣血之力果然玄妙。」江寧看著這一刀的成果，心中暗嘆。

剛剛第一刀，因為沒有爆發氣血，全力一刀僅僅只能將圓木劈開一半。如今氣血爆發之下，卻是能做到乾淨俐落的將圓木一分為二。由此可見氣血之力的玄妙。

王進站在原地看了片刻工夫，旋即滿意的點點頭，又朝著孫大娘所在的後廚走去。

……

來到後廚，王進鼻子微微抽動了一下。

「妳對這小子倒是不錯，今晚的肉羹中竟然還放了地芝。」

「館主。」孫大娘頓時有些緊張，然後有些遲疑地開口：「看著這小傢伙，我有些想到我的孩子，若是沒有出事，應該也有他這麼大了。」

王進聞言，頓時陷入了沉默。

廚房安靜的幾個呼吸，只有「噼啪」木材燃燒的爆裂聲。

隨後，王進的開口打破了這個沉寂：「無妨，肉再多加一些，這小子我也有些看好。」

孫大娘眼前驟然一亮：「王館主是說這小傢伙有希望傳承您的衣缽？」

王進搖搖頭：「說這個還為時尚早。對他而言能不能抓住這個機遇，還得看他的悟性。悟性不足，接受我的傳承也走不遠。不過眼下來看，倒是可以先培養一下。」

「明白。」孫大娘神色微喜：「這小傢伙很懂禮貌，我倒是很喜歡。」

王進聞言，似乎也是想到了什麼，他臉色變得有些和緩，露出一絲笑容：「確實很懂禮貌。」

另一邊，在兩人交談之時，江寧站在劈柴的木樁前，卻是雙目大睜，眼中充滿震驚之色。

【技藝】：劈柴刀法（入門1／100）。

「劈個柴，竟然也能得到一門刀法？」江寧心中充滿了詫異，旋即臉上微微露出喜色。

「再試試。」

隨著他的念頭生起，一塊圓木被他擺在木樁下，氣血爆發，圓木被一分為二。

【劈柴刀法經驗值＋1。】

【技藝】：劈柴刀法（入門2／100）。

「果然有效。」他心中不由一喜，眼中有眸光閃過。

旋即，又是一塊圓木被他擺上木樁，他開始反覆劈柴，劈柴刀法經驗逐漸提升。

「不錯，真不錯。」看著面板的變化，他心中甚為滿意。

「如此快速增長的經驗值，這可比五禽拳快太多了。比識文斷字這門技藝或許經驗值更加簡單。」

試驗完畢後，江寧動力更是顯得十足，一塊塊圓木在他手中被不斷地被劈開。

王進從廚房走出來後，目光頓時被江寧吸引

「這小子瘋了？」王進嘴巴微張地看著江寧。

此刻，江寧的餘光看到王進的身影後，頓時放下手中的柴刀，微微喘著粗氣的向著王進行禮：「師父。」

王進擺擺手：「你這是何故，如此賣力地劈柴？」

江寧神色充滿認真的開口：「師父讓我在武館常住，庇護我的安危。我無以回報，也只能賣力做事，聊表心中的感激之意。」

聽到這番話，王進頓時一臉無奈的看著江寧：「沒必要如此，做事也得適當。你體力消耗過甚，如何還能練拳？」

江寧搖搖頭：「師父不用擔心，我還有周師兄送的野參頂著。」

「吃野參恢復體力來劈柴，你這小子是捨本逐末了。」王進哭笑不得的看著江寧。

「師父既有傳道授業之恩，又有護我周全之恩。小子心中感激無以言表，只能如此表達。若是泰然受之，我心不寧。」江寧滿臉認真。

王進一臉無奈地搖搖頭：「也罷，那隨你吧。劈柴也能練練力氣，也能讓你熟悉熟悉刀感，眼到手到，這是刀法的基本功。你的悟性若是能達標，成為我的真傳弟子，刀法這門基本功乃是必備的。」

「明白。」江寧一臉興奮。

王進見此，不由得莞爾。

「年輕人倒是直率，心中想什麼臉上就露出什麼。不像老夫這麼老成持重。」

隨後，王進又暗中看了江寧盞茶的工夫。

「這小子倒是重情重義。」王進微微頷首，看著江寧的眼神漸漸變得柔和。

「如今就希望這小子的悟性能達標。以這小子的性格，將來倒是可以給我養老送終，不至於欺師滅祖。這樣想來確實是個不錯的苗子。不過，究竟如何，還得看他自己去爭。武道不爭，終生成就有限。」

……

【劈柴刀法經驗值＋1。】

【技藝】：劈柴刀法（入門99／100）。

「還差一點經驗值就能突破了！」看著自己面板，江寧有些疲憊的身軀頓時一震，沒由來的又生出一些力氣。

他扶正圓木，手起刀落，一聲清響，圓木從中一分為二。

【劈柴刀法經驗值＋1。】

【技藝】：劈柴刀法（精通0／200）。

剎那間，最後增加的那點經驗值瞬間由從量變引發了質變，劈柴刀法從入門突破至精通。

而江寧握著手中的柴刀，瞬間感覺到一股熟悉感。他本能的就知道該如何發力才能發揮出更大的劈砍力量，也知道如何發力才能最大效率的節約體力。

手臂的肌肉也在這不斷增長經驗值中變得更加緊繃，如今隨著劈柴刀法的突破，手臂上的肌肉更是微微發熱，隨後肌肉更加緊繃。

江寧放下柴刀，握了握拳頭，感受到手臂力量的變化，他頓時滿意地點點頭。

「劈柴刀法的突破，確實性價比很高。突破精通對我就有初步效果，後面小成、大成、圓滿這三個層次的突破，效果只會更強。」

「而且，還有破限。」他眼中眸光閃過，想到破限後的變化，他心中充滿了期待：「識文斷字的第一次破限給了我過目不忘的特性，不知道劈柴刀法的第一次破限會給我什麼特性？憑我現在這種效率，劈柴刀法提升到破限，應該也用不了多少天。」

站在木樁面前，江寧又握起柴刀，將一塊厚實的圓木放置在木樁上。

就在他正準備劈砍之時，耳邊頓時傳來一道洪亮的聲音：「小傢伙，晚餐好了，快來吃飯啦。」

「好的，大姐。」江寧抬頭應了一句。

廚房中，端著托盤的孫大娘不由得嘴角微揚：「這小傢伙的嘴巴可真甜。再加上這張俊俏的臉，以後去哄女孩子肯定手到擒來。」

另一邊，江寧抬頭回應了孫大娘一聲，依舊握緊手中的柴刀，下一刻，手臂肌肉瞬間暴起，刀刃劃過空氣傳來細微的摩擦聲。

隨著柴刀落下，厚實的圓木瞬間傳來裂開的聲音。

江寧看著身前柴刀劈開的痕跡，眼神微微一凝。

「入木十之八九……果然不一樣了。」

他臉上緩緩露出一抹笑容，然後手掌發力，柴刀厚重的刀身在木材斷口中橫臥，身前的木材傳來不斷木材纖維撕裂的聲音。

最後，在柴刀厚重的刀身撬動下，整塊木材被他成功的分開，一分為二的圓木下方呈現不規則的撕裂痕跡，劈柴刀法經驗值又增加了。

「剛剛全力一刀下去，只能入木十之五六，如今劈柴刀法突破至精通，卻能入木十之八九，果然變強了。」

江寧滿意的點點頭，如此短暫的時間進步如此之大，讓他極其滿意。隨後他將柴刀放在一旁，朝著孫大娘離去的方向走去。

……

踏入主廳。

「師父。」

「坐。」王進停下手中的動作，朝著江寧示意。

「多謝師父。」江寧躬身行禮。

待江寧入座後，一碗飄著濃郁香味的肉羹被孫大娘放在他的眼前。

「謝謝孫大姐。」江寧接過那碗肉羹朝著孫大娘開口道謝。

「小傢伙快吃吧。剛剛劈柴這麼賣力，估計早都餓了吧。」

江寧點點頭，略微靦腆的笑了笑，下一刻，一大口肉羹入腹，江寧臉上浮現出一股滿足之色：「大姐的手藝真好。」

孫大娘在一旁呵呵一笑。

王進此刻開口道：「快點吃，吃完後繼續去練功。今天的肉羹裡孫大娘特意加了地芝，地芝乃是不錯的補藥，對你練武頗有幫助。」

「地芝？」江寧雙眼微亮，這位補藥他也知曉，前段時間他看過的書籍中就有包括藥材的介紹，所以基本的藥材他都知道。

地芝的價值雖不如野參，但是一株完整的成品地芝，那也是一兩銀子起步。一兩銀子其購買力可不低，以他的估算，約等於前世一千塊錢的購買力，可以讓貧窮的一家三四口生活一個月。

「我能留在武館長居，果然是一件好事。」江寧心中暗喜，旋即抬頭：「謝謝孫大姐。」

然後他又看向王進，起身恭敬行禮：「謝謝老師的收留。」

王進微微頷首：「不給你工錢，自然不能少你吃喝。」

「老師說笑了。」江寧神色認真的開口：「在老師準備的這種晚餐面前，工錢又算得了什麼。老師於我有大恩，弟子此生難忘。他日必給老師養老送終。」

此刻的大廳中，一老一少以及一位身材壯碩的中年婦女。

老者是滄浪武館館主王進，少年是洛水縣江寧，中年婦女是滄浪武館掌勺的孫大娘。在餐桌上，擺放著大量肉食，旁邊放著一盆肉羹以及一大盆米飯，濃郁的香味飄滿了整間大廳。

王進看著江寧極為認真的神色，聽著那番話，他心中頓時有些動容，沉默了數息，他語氣平緩的開口：「趁熱吃吧，涼了效果就不好了，味道也變差了。」

「是，師父。」江寧恭聲道。

隨後，兩人默默的吃著晚餐，王進心中卻是思緒萬千。

養老送終……這四個字對他的觸動很大。

習武之人未達內壯境界，三十之後進步就開始緩慢，四十之後更是只退不進，氣血開始下滑，體內暗傷爆發，五十之後更是日落西山，一日不如一日。

年逾五十，他已經能感覺到自己的身體如同蠟燭，在隨著時間的流逝一點一滴的在燃盡。

到了這個年齡，他也不想什麼榮華富貴，不想什麼武道精進，唯一想的就是傳承以及安寧的晚年。

江寧這番話，無疑直擊他的內心最深處。

這種類似的話，他雖然也曾聽過，但是沒有哪一次給他的感覺有這次這麼真。

王進暗暗打量了江寧幾眼，又悄悄收回目光，先看看吧。

另一邊，江寧坐下後，便不再有任何客氣。一大碗肉羹，在他口中幾大口就全部灌入腹中，隨後便開啟了他的狼吞虎嚥的模式。

若是在別人面前，他可能會收斂形象，但是在王進面前沒必要。

他十分清楚練武之人的性情，也了解一些王進的作風。毫無拘束，大口吃肉、大口喝酒只會更加得到王進的認可。

而自己的飯量雖然放在普通家庭來看會非常頭痛，一人可以吃幾個人的飯量，但是放在王進眼中完全是不值一提。

王進可是在寸土寸金的洛水縣內城開一間如此大的武館，他的財富必然是遠超自己想像。自己區區這點飯量對王進這種並無吝嗇性格的人來說完全不值一提。

片刻工夫，江寧就吃飽喝足，腹中已經有暖流緩緩湧入四肢百骸，在不斷地補充他之前消耗的體力。

「先去劈柴消化一下，再去練拳。」王進抬眼看了一眼江寧的肚子開口說道。

「是，老師。」

……

江寧重新回到廚房後面的小院，天色也暗了下來，一輪皎潔的彎月浮現在頭頂之上。他來到木材堆旁抓起柴刀，將一塊厚重的圓木立於木樁上。

下一刻，他右臂發力，手臂上隆起的肌肉清晰可見，刀刃劃過空氣的聲音驟然響起，隨之而來的是一道「喀嚓」的木材斷裂聲。

這一刀，入木十之八九。

他旋即握住柴刀的手把，手掌發力，右臂的肌肉紋理徹底浮現出來，一陣木材纖維不斷撕裂的聲音響起，隨即徹底被他一分為二。

「劈柴刀法達到精通後，不用爆發氣血就能劈斷木材，這活倒是輕鬆很多。」

江寧笑了笑，此刻心情一片大好。因為這代表他提升劈柴刀法的經驗值更加簡單，只需要單純的體力就行。

他再抓取一塊厚重的圓木放在木樁上，手起刀落，柴刀入沒有十分之九，江寧手臂再次發力，這塊厚重的圓木這才被一分為二。

江寧把地上散落的木材踢到一旁，重新又抓起一塊厚重的圓木。

「以我這種效率，今夜應該就足以升滿這兩百點經驗值吧？小成級別的劈柴刀法，應該足以讓我一刀劈開木柴了吧？」

腦海中想到這裡，近在咫尺的目標讓江寧手上的幹勁更是滿滿。

相比於五禽拳，劈柴刀法無疑獲取經驗值簡單太多。

雖然劈柴刀法也足夠垃圾，對他實力的提升的效果遠不及五禽拳。但是在這高速獲取的經驗值面前，劈柴刀法的缺陷也完全能接受了。

對於這門刀法，江寧同樣寄予一定的期待。因為此前識文斷字這門技藝的破限給他帶來了一個過目不忘的特性，所以江寧同樣期待劈柴刀法的破限。

懷著這樣的期待，江寧手持柴刀，一刀接一刀的落下。

【技藝】：劈柴刀法（精通86／200）。

看了一眼面板，江寧停下來休息了片刻。

在這休息的過程中，他又從旁邊拿起一本書籍，那是他今日出門攜帶在身上的書籍，其目的就是為了在恢復體力的間隙中提升識文斷字的經驗值。

這既會給他帶來知識的增長，還會緩慢的壯大他的神，即是俗稱的精神力。

同時，對於識文斷字下一次的破限他也同樣充滿期待。

以他的推測，往後的每一次破限，都會得到新的特性。

……

【技藝】：識文斷字（一次破限93／2000）（特性：過目不忘）

看了一眼自己的面板，江寧滿意的點點頭。能看的見自己一點一滴緩緩提升，尤其目標是看得見、摸得著，每一分努力都會帶來收穫，都會讓自己離目標更近一步，這讓他有些著迷。

自從知曉技藝圓滿之後破限會帶來特性後，他心中的期待也更高、更多了。

休息完畢後，江寧又繼續劈柴的工作。一刀刀下去，每一根木材被劈開，都讓他感覺到微不可查的變化。

手更穩了、刀更準了，發力也更順暢了。

當皎月懸於樹梢的時候，江寧看向自己的面板也充滿著隱隱的激動。

【技藝】：劈柴刀法（精通１９９／２００）。

「只差最後一點經驗值了。」

他將一根厚重的圓木放在木樁上，將其扶正，然後手持柴刀。

「嗖——」

刀刃與空氣摩擦的聲音驟然響起，厚重的柴刀一刀就近乎將整根圓木劈開，僅剩最後的一點連接，這無疑代表他手臂的力量比剛才強上一些。

雖然增強的並不明顯，但是卻能很直觀的看出來。畢竟此刻隨著他短時間劈開近兩百根的木柴，他的手臂已經有些乏力，虎口也震動發麻，根本發揮不出他的全盛時期的力量。

但即使在這種情況下，這一刀下去的刀口相比剛才反而更深了，近乎達到了十分之九五的程度。

然後，隨著他手臂用力，整根圓木也徹底一分為二。

這一刻，當經驗值提升的這條提示浮現，量變引起了質變，面板上浮現的劈柴刀法也從精通變成了小成。

【技藝】：劈柴刀法（小成０／５００）。

同時，江寧腦海中飛速的閃過剛剛那劈出的兩百刀，每一刀該如何發力，每一刀該如何落點，在他腦海中不斷的修正。

最終，無數畫面融合成一個畫面，一刀劈開空氣，落在圓木上的畫面。

江寧緩緩睜開雙目，眼中似乎有那一道的刀光閃過。

下一刻，他手握柴刀，對著身前木樁上的木柴一刀落下，柴刀劃破長空，落在木柴的正中央。

隨著斷裂聲響起，之前難以被他斬斷的木柴乾淨俐落的被他一刀兩段，從中一分為二。

「果然不一樣了。」江寧握著手中的柴刀，又隨意揮舞了兩下。

他旋即又抓起一根圓木將其扶住，對著圓木之上的一條黑色的紋理線路，柴刀再落下，精準地落在那條黑色的紋理線路之上，圓木再次被他乾淨俐落的一分為二。

「小成級別的劈柴刀法確實不一樣了。不單單發力更高明，而且眼到即手到，再無一絲偏頗。如此效率，我提升這門技藝經驗值的效率也會更高了。」

江寧頓時極為滿意的點點頭，隨後又看了一眼頭頂高懸的皎月。

「有些晚了。」他口中喃喃：「還能再練兩遍拳，就得去睡覺了。」

在皎白的月光下，江寧索性直接原地找了個寬闊的空地，開始練習五禽拳。

有徐雲峰這個威脅、有曹彬的威脅在，甚至可能還有拜神教的威脅，江寧絲毫不敢鬆懈。

來到武館，也是自家大哥砸鍋賣鐵的借貸，才讓他有這個魚躍龍門的機會。

兩遍練拳完畢，江寧身上皮膚微微泛紅，汗水也徹底打濕了短褂，頭頂更是有蒸騰的熱氣不斷上升。

「五禽拳對體力的消耗真是大啊。」江寧無奈地搖搖頭。

在原本就已經有些乏力的情況下，再練了兩遍五禽拳，即使有晚上攝入了大量的能量以及一些珍貴的地芝，也讓他感覺身體還是陣陣虛弱。

他握了握拳頭，感受到體內流轉的氣血之力，微微頷首：「又凝練了兩縷氣血之力，五禽拳這種用作於武道奠基的下乘功法果然遠不是劈柴刀法所能比的。提升雖然艱難，但是回饋卻是完全值得這種付出。」

【技藝】：五禽拳（入門２８／１００）。

看了一眼五禽拳的進度，面板就消失在江寧的眼中。

「超過四分之一的進度了，以今日這種效率，五禽拳大概還要三天就能突破至精通，到那個時候，我體力的氣血將會更加的盈滿。不過三天後，藥材卻是一個問題。」

想到這個問題，江寧頓時有些頭痛。他今日之所以有這種高效的增長進度，其中那株野參起了很大的作用。

野參的吞服與藥力的效用，才讓他可以支撐一遍又一遍練習五禽拳。若是沒有了野參的支持，江寧感覺自己的練拳頻率至少要減少一半，甚至只有今日三分之一的效率。

這並非是沒有根據的。練拳所帶來的力量、敏捷、體質提升是極其迅猛的，遠超前世所謂的健身。

其中更是能凝聚出獨特的力量，也就是氣血之力。這種劇烈的提升方法，必然對身體的負荷很大。若是沒有大補之藥的支撐，那就只能控制頻率，水磨般的工夫提升體魄，唯有如此，才不會將身體練垮。

而如今這種情況，江寧如何能忍得了緩慢提升的體魄？

徐雲峰的威脅短期迫在眉睫，江寧十分清楚，徐雲峰為了往上爬，為了立功，為了加入曹家這個巨無霸的家族，他必然會漸漸失去耐心。

尤其是自家大哥某天失去吏籍後，他的顧忌將會更少。

雖然按照正常情況，大哥年底考核失敗，才會失去吏籍。但是徐雲峰背後站著曹彬，而曹彬背後又站著曹家。

曹家掌控洛水縣的礦產，水運和人口戶籍，做為洛水縣的地頭蛇之一，其力量大得難以想像。

一旦運作起來，自己大哥的吏籍要不了幾天就會因為失職等等因素被撤，甚至會被打入大牢，所以江寧也不知道留給自己的時間有多少。

來到這個世界的兩個多月，他早已認可了大哥大嫂一家，對於小豆包更是疼愛。

即使他如今因為能長住滄浪武館，自身安危不成問題，但是他無論如何都做不到眼睜睜看著這一世的親人逢此大難。

所以必須加快進程，唯有拳法大成，才能通過王進考核，成為王進的真傳弟子，如此方能庇護大哥一家。

第六章

刀法大成

月光灑落，江寧有些發愣，一時心中茫然，忽然想到一個問題。

「我今夜該去哪裡睡？」

突然間，一連串且急促的腳步聲在牆後響起，就看到一道壯碩的身影從牆院之後顯露出來。

「孫大姐。」江寧開口。

孫大娘看了一眼江寧，頓時就發現他頭頂不斷升起的熱氣，以及身上被汗水浸濕的衣裳。

「小傢伙，你這也太吃苦了吧。這個時間點還在練功。」她的眼神有些溫柔。

江寧笑了笑：「既然選擇了練功，那不就得吃點苦嗎？我作為普通人家出生的孩子，能得到這個學武的機會不容易，必須要緊緊抓住這個機會。」

「再吃苦，你也得睡覺啊。這都午夜之時了，不好好睡覺養精蓄銳，你明天還怎麼練功？」孫大娘有些生氣的開口。

「是得睡覺。」江寧點點頭。

看到江寧的點頭，孫大娘臉上的神色頓時變得柔和。

「那你跟我來吧。早就為你為你鋪好了床，剛剛就看到你在認真看書，沒忍心打擾你。」孫大娘有些絮絮叨叨的開口。

聽著孫大娘的話，江寧臉上不由得露出淡淡的笑容。

兩人走到寂靜的武館，腳下是青磚鋪成的道路。

月光如水，照射在地面上清晰可見兩人的倒影，耳邊不斷響起各類昆蟲的叫聲。穿過一間院子，走過幾十公尺的道路，兩人就又來到一座院子。

「武館空置的房間比較多，這間院子就留給你一個人住，我就在隔壁。」孫大娘停在院子中開口道。

「多謝大姐。」江寧抿了抿嘴，神色認真地開口。

孫大娘不由得笑了笑：「你都叫我一聲大姐了，還謝什麼呢。」

隨即她又道：「對了，你的被子還沒來得及曬，先將就一晚，每日給你曬一曬。」

「沒事。」江寧臉上露出笑容：「我有一張床睡就行。來武館學武又不是來享福的。」

「你這孩子也太懂事了。」孫大娘微微搖頭說道，隨即眼中又露出一抹回憶：「當年他也是跟你差不多的懂事。」

「孫大姐，妳口中的他是誰？」

孫大娘聞言頓時回神，她定了定神，搖搖頭不做回答，反而開口道：「很晚了，你洗個澡就去睡覺吧。我也該回去睡了。」

在月光下，江寧看著孫大娘緩緩離開的身影。

「看來孫大姐也是一個有故事的人啊。」江寧心中微嘆，然後朝著自己的房間走去。

推開房門，整個房間一覽無餘。

房間並不大，布局也很簡單，只有基本的桌椅凳，以及靠著牆角的紅花木大床，但是從不染塵埃的家具中可以看出打掃這間房屋的人非常用心。

床上的涼蓆之上，被疊得整整齊齊的被褥也讓江寧不由得想起前世。

前世的自己，每次年底從外面回來，床都會被自己的母親早就鋪好，被褥上永遠是有陽光的味道。

旋即，他微微輕嘆一聲，隨後轉身走出房間，找了兩個水桶從前院提回兩桶水，簡單地沖洗一下，順便把之前穿的衣服擰洗了一下，而後晾在窗臺。

七月中旬，如今的洛水縣已經進入了一年之中最酷熱的時候，能讓任何衣物一個晚上都足以被暖風吹乾。

……

次日，江寧醒來的第一時間就打開自己的面板。

【源能】：4.4。

「這一次源能增加了0.5！」

江寧若有所思，輕撫下頜：「看來源能的增長確實如我之前所預料，跟我當天所攝入有關。我昨日吃了兩次野參，午餐和晚餐也比之前任何一天都要豐盛的多，所以這次源能增長點數也是打破了之前的紀錄，足足增長了0.5。」

他隨後又在心中喃喃：「以昨日這種效率來看，源能點數達到十點，至少還要十一天的時間。如此一來，努力取得劈柴刀法的經驗值倒是不急。在源能點數到十之前，能升滿所需要的經驗值就行了。」

他隨後推開房門走出房間。

此時，即使是一年之中最酷熱的時候，清晨吹過的風還是帶著一縷涼爽。微涼的天邊有道道紅霞渲染，很明顯不久之後就會迎來火紅色朝陽的升起。

江寧深吸了一口新鮮空氣，再緩緩吐出腹中積攢了一夜的濁氣，幾個循環後，他頓時感覺身心變得無比輕鬆。

「如此清晨，合該練拳。」江寧一笑，隨即擺開架勢，呼吸節奏調整之後，他便直接開始練拳。

練完一遍拳後，已過了快一炷香的時間，剛剛還是微光初露的天邊，如今已有一顆暖紅的大日冒頭。

此刻，江寧身上也開始徹底熱了起來。皮膚微紅，頭頂冒著熱氣，豆大的汗珠也開始從臉頰滴落，但是他身心卻是無比愉悅。

一遍拳法增加了兩點經驗值，等於他練拳兩遍，如此效率自然是無比驚喜。
隨後，休息了片刻，他繼續練拳。
直至收拳，他看著自己的面板，長長的吐出腹中的濁氣。
三分之一進度了，距離拳法突破又更近一步了。
江寧滿意地點點頭。
……
轉眼間，又兩天過去了。
這幾天裡，江黎又親自來了武館一趟，給江寧送了幾身換洗的衣服。
看到江寧原本有些瘦弱的身體如今變得有些結實，江黎也就放心地回去了。
江寧這幾天也是沒有絲毫鬆懈，時間幾乎都被他利用到極限。
除了練拳，劈柴這種消耗粗活外，他就是看書。從家中帶來的那本厚厚的書，在前一個晚上也被他徹底看完。
【名稱】：江寧。
【源能】：5.4。
【技藝】：識文斷字（一次破限148／2000）（特性：過目不忘）。
五禽拳（入門88／100）。
劈柴刀法（大成109／1000）。

整整三天的時間，令江寧的面板發生了一些變化。

源能以每天0.5的數值增長，來到了5.4；拳法也進步非常大，距離突破只剩最後的十二點經驗值。

而其中，變化最大的要數劈柴刀法，這幾天直接被他提升到了大成。

大成級別的劈柴刀法後，江寧能明顯的感覺到自己的刀更快、更準，他只需要爆發之前八成的力道，就可以同樣做到將一塊厚重的圓木從中輕易劈開。

爆發出來的力道高兩三成，速度快兩三分，這若是一門殺敵之術，可以產生輕易碾壓的效果。

這就是劈柴刀法從小成突破至大成後的變化，對他有了一個全方位的增幅。

體驗了劈柴刀法小成至大成的變化後，江寧對於五禽拳的後續突破更是充滿了期待了。

關閉面板後，江寧起身下床，穿上貼身短褂，然後推開房門。

天邊微亮的晨曦入眼，帶著清涼和混雜著花草味道的微風撲面，江寧不由得深深吸了幾口新鮮的空氣。

他再將腹中積攢了一夜的濁氣排出，渾身上下頓感輕鬆和愉悅，隨後來到院子的角落開始洗漱。

這個世界的普羅大眾基本沒有洗漱的習慣，但是前世生活的文明世界的，江寧完全無法忍受清晨起床後嘴巴裡的味道。

如今他沒有條件，也只能採用前世從書中看到的方式。將隔夜泡在水中的柳條取出，然後用牙齒咀嚼咬開，再用如同軟毛似的纖維清理牙齒。

如今隨著他越來越熟練，咬出來的柳枝也越來越好用。

在牆角邊，江寧把揉碎的木炭用手指塗抹在牙齒之中，反覆摩擦清潔完畢後，他再用清水漱口，隨後再用剛剛咬好的柳枝再次清潔牙齒。

清潔完成後，江寧呼了口氣，頓時滿意地點點頭：「還不錯。」

隨即他又洗了一把臉，這才手肘自然垂落的站在院中，感受混雜花草味道的清涼微風鋪面，再次開始練拳。

兩邊練拳結束，五禽拳經驗值的積累也來到了九十點，同時體內又有兩縷氣血之力被凝練成型，融入體內。

江寧接連喘氣，感受到胸口激烈跳動的心臟，他臉上不由得露出笑容。

「能一口氣煉兩遍拳，我的體力果然也上了一個新的臺階。」他又握了握拳頭，感受到體內自由流動的氣血之力。

如今他體力凝聚的氣血之力早達到上百縷之多，如此多的氣血之力匯聚在一起，可以貫穿他的部分手臂。

氣血之力一旦爆發，加持在拳頭以及手臂上，可以讓他短時間爆發出來的力量大幅度增加，若是加持在腳部和腿部，則可以讓他短時間爆發出來的速度大增。

氣血之力才是武者最強大的根源。

「待會再去試試自己的力量。」

……

辰時四刻，吃完早餐後，江寧就來到前院的大門處，隨著他拔開門銓，推開厚重的武館大門，大門與地面摩擦之下，腳下傳來微微的震感。

「江師弟還是一如既往的準時啊。」一位身穿白色練功服，輕輕搖動手中摺扇的男子對著江寧開口，他的嘴角帶著一抹似有似無的笑意，神色頗為有些輕浮。

「程然師兄。」江寧笑了笑。

來到武館已經兩天多，一直在前院練拳，他自然也是認識了一些人，其中要說最談得來的也就是這位程然師兄了。

其餘前院練武的人，不說對他有什麼敵意，但是也頗為不喜歡。畢竟能有本錢加入滄浪武館的弟子，多數以上都是來自於內城的年輕人。

他們自成一個圈子，互相都比較熟悉；而剩下那幾個外城的年輕人，也是極力的想融入內城弟子的那個圈子。能與內城的富家子弟打好關係，這是一種人脈和資源。

對此，江寧自然也懶得與他們打交道。

只有這位程然不同，他雖是內城人，但是卻頗為喜歡交友，整個滄浪武館的所有普通弟子就沒有他不認識的。

在江寧前兩日練武的時候，他也是主動結交。

面對他人的善意結交，江寧自然也沒有拒絕的理由。多一個朋友，總是多一份出路，又何來拒絕的道理？

……

片刻之後，武館前院。

「肅靜。」王進從後院出了出來。一身短褂將他身上的肌肉襯托著極為誇張，如起伏的虬龍。

剎那間，全場寂靜無聲。

「如今有一個機遇擺在你們面前。」

聽到機遇兩個字，所有人眼前都一亮。

王進目光掃過眾人，如巡視領地的百獸之王，隨即他滿意地點點頭。

「你們可知什麼叫機遇？」

「知道！」有人開口。

「你不知道。」王進語氣平緩而有力，隨後他繼續道：「機遇，那是能改變你們命運，讓你們魚躍龍門，讓你們走出這方天地。」

聽到這句話，所有人更是眼中綻放精光。

看到眾人眼中炙熱的目光，王進更是滿意地點點頭，他隨後又道：「你們可知近年來天下動盪，人心動盪，天災人禍不斷。各類如拜神教這種鬼魅魍魎頻繁出沒？」

「知道。」有人開口：「據我所知，去年單單在我們澤山州就共計有一次中型叛亂，五次小型叛亂，殺之不絕，誅之不盡，祭拜邪神的宗教也是出現近十種。」

王進略微看了那人一眼，然後微微點頭：「不錯。所以年初，人皇與當世唯一武聖共同下達詔令，於天下各州、各府、各郡、各縣均必須設立巡察府，巡察九州，監察萬民。」

「巡察府由當世唯一武聖坐鎮，但凡是祭拜邪神的宗教以及鼓動人心、挑撥造發者，無論是何等來路、何等身分，縱使是天潢貴胄，也有先斬後奏的權利。」

「這則詔令一個月後就會推送至洛水縣。年底之前各州、各府、各郡、各縣必須成立巡察府。」

「巡察府的人員如今由洛水縣各大武館，各方勢力挑選身家清白者，且實力天賦出眾者組成。」

「這對你們乃是一個天大的機緣。你們可知，武道修行要想勇猛精進，財侶法地缺一不可。」

「你們要知道，巡察府名的主人乃是當世唯一武聖，蓋壓天下八百多年的武聖，在巡察府中，下至武道奠基搬運氣血的功法，上至成就換血宗師，養神大宗師的無上祕法皆有。各類寶藥，武道根本法一應俱全。」

「這一切，在洛水縣你們是完全無法得到，而加入巡查府甚至可得武聖當面指點。」

聽到最後一句話，整個武館轟然炸裂，無數人眼中冒出炙熱的目光。

武聖二字，於任何人而言，無亞於古籍中記載的神靈和仙人。

百歲壽星老人，可五代同堂；而武聖蓋壓天下八百年，那是何等誇張的存在。

王進再次掃過全場，滿意地點點頭。

「進巡察府者，皆是三十以下，身家清白的良家子弟。皆要求武道入品的實力。」

「滄浪武館得五個舉薦名額，其中四個舉薦名額已經內定，乃是你們的三位師兄和一位師姐。如今還剩一個舉薦名額，由你們來爭。」

「三個月後，誰做到五禽拳中兩門拳勢大成，氣血大成，完成武道入品。則會與你們四位師兄一齊被我收為親傳弟子，收徒大會將會通告洛水縣，而你們，也代表我王進的臉面進入巡察府。」

「切記，入府名額有限，到時入府必然還有考驗，還需要和其他勢力爭鬥。這是魚躍龍門的機會，沒人會放棄。」

「進入巡察府，必然會伴隨大量廝殺與爭鬥，對於不擅戰者而言，這是危機。」

此刻，江寧靜靜聽完，眼中冒出一股炙熱之意。

親傳弟子，入巡察府，這是天大的機緣。

何謂親傳？那是衣鉢傳入，其地位不止在血親子女之下，甚至是之上。

而巡察府，擁有先斬後奏的權力，聽其描述就知道這是地位極高的執法機構。

若是拿前世歷史上的官府部門來類比，其權力之大、背景之深，尤在威名赫赫的錦衣衛之上。

錦衣衛，但凡了解一些前世歷史的人，其凶名就無人不知，無人不曉。更別說這個巡察府在尚在錦衣衛地位之上，好處也遠在其之上。

而正所謂背靠大樹好乘涼。這大夏的天下，又有哪棵大樹比那位當世唯一武聖還大？

那可是一人鎮壓了大夏八百多年氣運的恐怖存在，一人敵國，便是武聖二字的形容詞。

自己只要能進入巡察府就不再是如今的地位。即使實力不足，但是背靠巡察府，面對本地的各大家族也絲毫不懼。

監察天下，巡察九州，先斬後奏，這個權力太大太大了；功法祕笈，神兵寶藥，好處也太多太多了。

這一刻，江寧握緊了拳頭。三個月內，必須做到氣血圓滿，武道入品。唯有如此，才能成為王進的親傳弟子，才擁有進入巡察府的資格。

若不能進入巡察府，即使他武道入品，不懼徐雲峰，但是徐雲峰的背後可是站著曹彬，站著曹家。

在實力龐大的曹家面前，一旦與他們產生衝突，武道入品最多只能自保。而成為王進親傳弟子則不同，足以讓他投鼠忌器，更別說進入巡察府了。

滄浪武館前院，眾人此時隨著王進宣布的內容，也徹底炸開了鍋。

「巡察府竟然是真的，我之前就聽到我父親談過，沒想到竟然是真的！」

「這巡查府權力也太大了吧！監察萬民，巡視天下，先斬後奏，一旦加入，豈不是立刻成為人上人？」

「那是自然！一旦加入，必然是各方勢力的座上賓。而且加入巡查府可是能得成就練血宗師，養神大宗師的無上祕法啊。甚至能得到那位武聖的指點。這誘惑太大了。」

「誘惑大有什麼用？今年年底，州府郡縣都必須成立，老師更是說，三個月內五禽拳大成，武道入品才有資格加入。你能做到嗎？還是我能做到？」

「是啊，老師告知我們這番機遇，想來不過是激勵我們努力學武，給我們一個希望。」

議論紛紛後，眾人頓時有些沮喪。

突然間，有人開口道：「我知道有人有希望？」

「誰？」

「程然師兄。」

此話一出，眾人扭頭看向程然。而此刻，程然面帶微笑，似乎很享受被眾人關注的目光。

那人繼續道：「程然師兄氣血早已圓滿，並且鶴虎兩勢皆已至小成。三個月內拳法突破未必沒有希望，武道入品對程師兄來說更是不難。」

聽到這番話，眾人更是驚訝的看向面帶微笑的程然。

就在這時，一位身處白色寬鬆練功服，滿頭的黑髮用紅色束帶簡單一繫，一副氣宇軒昂的男子走出來。

「在下蕭鵬，見過老師。」男子朝著王進微微作揖行禮。

「何事？」王進開口。

蕭鵬拱手道：「弟子已於一週前領悟了虎形拳的神與形，虎形拳臻至大成之境。並且氣血已然大成，即將圓滿，猿形拳也已入小成之境。」

說話間，蕭鵬神采飛揚，嘴角微翹。此刻他身上氣血充盈，身形赫然爆發出一股淡淡的氣勢，給四周眾人一股壓迫感。

「天啊，蕭師兄竟然不知不覺走到這一步？」有人驚呼。

「蕭師兄果然是不鳴則已，一鳴驚人啊。一週前就臻至虎形拳大成之境，竟然能隱忍不說，直到今日才說出來。」

「虎形拳大成，猿形拳小成，氣血大成貫通四肢，這豈不是說剩下那個名額已然被蕭鵬師兄提前鎖定？」

「如此來看是的，程然師兄雖然有機會，但是明顯略遜一籌，拳法大成和小成之間有不可逾越的鴻溝。」

「沒錯，蕭鵬師兄能在加入武館四個月內將虎形拳練至大成，並且猿形拳也至小成，再給他三個月的時候，猿形拳必然可以入大成之境。至於武道入品，以以蕭師兄父親蕭萬貫的財富，將他堆到武道入品再簡單不過。」

這一刻，眾人的目光瞬間轉移至蕭鵬身上。此刻的蕭鵬享受眾人的目光，也滿臉得意氣風發。

王進看了一眼程然，然後目光落在蕭然身上，問：「虎形拳大成，猿形拳小成？」

面對王進的目光，蕭鵬額頭微微冒出細汗，他低頭道：「是。」

「練給我看。」王進開口。

聽到這句話，蕭鵬頓時如臨大赦。

此刻，眾人的目光也紛紛落在蕭鵬身上。

下一刻，蕭鵬起手，直接在眾人面前演練拳法。一招一式，皆虎虎生風，頗具威勢。最後，虎形拳收尾，當他一拳轟出之時，一聲虎嘯從他體內爆發。

這一刻，眾人皆紛紛瞪大雙目。

「氣血激盪，虎嘯之音！的確是大成境界的虎形拳。」

蕭鵬收手，一臉的氣定神閒，似乎對於眾人的驚訝充耳不聞。他朝著王進拱手：「老師，弟子示範完畢了。」

「猿形拳也練練。」王進開口。

「是。」蕭鵬應道。

旋即，眾人又看了蕭鵬演練一遍猿形拳。

直到蕭鵬收拳後，王進這才微微點頭：「不錯，虎形拳確實大成，猿形拳也頗具火候，應當是早已小成。」

「還是老師慧眼獨具。」蕭鵬拱手繼續說道：「弟子一個月前，猿形拳就已經小成，弟子有信心可以在接下來的三個月內猿形拳必然突破大成。」

王進點頭：「有這自信是好事。」

他隨即看向蕭鵬：「你既然入門四個月，虎形拳已至大成，算作成功通過我的考驗。從今日起，你即是我的真傳弟子。」

「拜見師父。」蕭鵬單膝跪地，行拱手禮。

「好。」王進再次點頭：「從今日起，免去你的一切學費，一日三碗湯藥供給。」

「謝師父。」蕭鵬再次行禮。

王進微微頷首，他目光掃了一眼眾人，在江寧身上微微停留一息。

可惜了，這小子時運不濟，即使有天賦也來不及了。

旋即他對著眾人開口：「你們好好練拳，三個月的時間，誰都還有機會。」

然後他又看向蕭鵬：「你與我來。」

「是，師父。」蕭鵬行禮道，然後起身跟隨王進而去。

眾人看著兩人離去的身影，眼中不免露出羨慕之色。

……

站在人群的後方，江寧握了握拳頭。

三個月內，他必須完成武道入品，方能抓住這個天大的機遇，加入巡察府。

【技藝】：五禽拳（入門90／100）。

以他之前摸索出來的經驗，五禽拳入門至精通需要一百點經驗值，精通至小成需要兩百點經驗值，小成至大成需要五百點經驗值。

如今共計缺口是七百一十點經驗值。即使每練拳一次，獲得一點保底的經驗值，也只需要練拳七百一十次即可。

他如今因為有周興師兄贈予的野參這顆大補之藥，一天早中晚可以練拳二十餘次，就拿二十五次計算，那也就是說，以這種效率，三十天他就可以五禽拳提升至大成。

不過一株野參堅持不了幾天，不過即使沒有野參這顆補藥，練拳次數最多減半。不過即使減半，也最多兩個月可以將這門拳法提升至大成。

這還是不難，最難的還是武道入品。

江寧隨即眉頭微皺。

武道入品，氣血需要達到貫通周身。他旋即調動體內氣血匯入右臂，眉頭再次微皺。

「大約只貫通了三分之一，距離圓滿相差也太遠了。不過根據拳譜記載，五禽拳五勢入門之境，練習一遍拳法最多可以凝練一縷氣血。」

「但是當拳法達到精通時，練習一遍拳法可以凝練兩縷氣血，小成則是三縷，大成則是五縷。」

「三個月，還有時間……所以，眼下我繼續提升經驗才是王道。」

第七章
拳法精通

江寧看著自己的面板。

「我還差十點經驗值突破入門，達成精通之境。於我如今而言，我還有野參的支持，一個上午就足以獲得這十點經驗。」

念及此處，江寧也來到一旁的空地，略微調整好自身的狀態後，他就開始練拳。

一遍拳法結束，他從懷中掏出錦盒，此時原本一顆完整的野參也僅僅只剩十分之三。

江寧略微沉吟了一下，便直接扯下盒中一半的野參，然後丟入口中緩緩咀嚼。

隨後，他的喉嚨微微一動，被徹底咀嚼成碎渣的野參進入他的腹中。僅僅過了片刻工夫，他就感覺到體能在快速的恢復，渾身肌膚泛紅，血液在加速流通，心臟躍動也更加有力。

野參的藥效已經在他的體內開始生效，隨著體力的快速恢復，江寧也不再浪費體內的藥力。

在野參的藥力支持下，每練完一遍五禽拳後，江寧僅僅需要片刻工夫恢復體力就能繼續練拳，絲毫不用擔心身體的虧空。

他如今練拳的效率也比之前快很多。

剛開始的時候，他完整練完一遍五禽拳需要半個小時，而現在，一個小時的時間，加上中途恢復的那兩三分鐘，他基本上可以做到練三遍五禽拳。

如此一來，只要有藥物支持，提升五禽拳經驗值的效率也更高了。

……

日上三竿之時，江寧看了一眼自己的面板，原本五禽拳經驗值積累已經到了久十九點，如今隨著這一遍拳法的完成，經驗的增加，驟然破百。

【技藝】：五禽拳（精通0／200）。

隨著五禽拳境界的突破，江寧也已經閉上雙目，腦海中頓時閃過關於諸多五禽拳的感悟。那幾十上百次的拳法記憶在他腦海中飛速的閃過，猶如人臨終前的走馬燈。

數個呼吸後，無數在腦海中閃過的畫面相融，最終融為一體。江寧此刻也感覺肌體之間似乎有電流微微流過，渾身酥麻。

等他睜開雙目之後，眼中有精光閃過，隨即，他於原地再次練拳。

一招一式，相比之前有了一些細微的變化。

一些說不清，道不明的變化，出拳之間，肢體的伸展間更加的自然與隨行，包括呼吸節奏也是如此，一切都彷彿成為了身體的本能運轉。

一遍結束，江寧原地閉目，胸膛微微起伏，一吐一吸間，氣息悠長。

經驗提升的提示在他眼中出現後，他視若無睹，因為他的注意力完全放在了體內。

他能清晰的感覺到，隨著他練拳結束，體內的氣血之力共計在一遍拳法中凝練了兩縷氣血之力。

「精通層次的五禽拳，練習一遍下來可以凝練出兩縷氣血之力，這是之前兩倍的效率。如此一來，我體魄和氣血壯大的速度將會更快。距離達成王進要求的條件，成就武道入品也更快了。」

江寧感受到體內的變化，心中頗為振奮。

氣血積攢越快，距離氣血貫通周身，達成圓滿之境也就更快。如此，才有更多的時間給他完成武道入品。

他必須進入巡察府。江寧握緊拳頭。他知道，這是能改變他命運的地方。

對他來說，只要給他一定的時間和資源，他就有信心無懼一切。

而巡察府，放眼整個大夏國，也是最大的那兩棵樹，即人皇和武聖。

武聖之威，不在人皇之下。

正所謂，背靠大樹好乘涼，自己加入巡察府，就能背靠最大的那兩棵樹之一，才有時間讓自己慢慢成長。

而且，巡察府還有足夠的資源供他成長。

……

隨後，江寧握了握拳頭，感受到右臂充盈的氣血，不知自己現在力量幾何了？

江寧心生疑惑，目光隨即落在前院的右側牆壁旁的石鎖上，姑且試試他如今的力量。

根據王進所言，入巡察府，必然還伴有廝殺與爭鬥。他力量若是強一分，則戰力強一分。旋即他來到石鎖面前。

「江寧師弟，你又來測試自己的力氣嗎？」程然看見走到石鎖旁的江寧，走了過來。

江寧扭頭：「程然師兄不去練拳，怎麼關注我來了。難道程然師兄面對蕭鵬氣餒了不成？」

「唉。」程然微微一嘆：「這蕭鵬隱藏得也太深了。虎形拳大成，猿形拳小成，領先我太多了。」

江寧安慰道：「程然師兄急什麼，這不是還有三個月嗎？拳法大成，重要的是悟，重要的是契機。搞不好哪天契機出現，師兄靈光一閃，虎鶴兩勢拳法皆紛紛大成呢。」

「結果尚未塵埃落定前，一切皆有可能。更何況程然師兄氣血已然圓滿，這方面也領先蕭鵬許多。」

說話間，江寧脫去上衣，體魄明顯比之前增強許多，已經能看到許多肌肉，而不像之前未學武那般瘦弱。

此刻，程然聽到江寧這番話，不由得哈哈一笑：「還是江師弟會寬慰人心。我現在心裡舒服多了。也對，乾坤未定，你我皆是黑馬。」

就在這時，程然臉上突然露出笑容：「江師弟的天資果然不凡，氣力已然比常人要高出些許。」

此時在江寧右臂的發力下，標註一百斤重的石鎖瞬間離地而起。他提起石鎖在手中掂量了一下，便能明顯的感覺出自己的力量增強了許多。

這一百斤重的石鎖對他完全沒有任何壓力。

程然看著江寧臉不紅，心不跳，一臉輕鬆的模樣，再次稱讚道：「江師弟的力量非凡啊。」

江寧笑了笑：「練拳幾日，多少要有些進步。」他隨後將石鎖放下。

「江師弟可要挑戰一百五十斤重的石鎖？」程然再次開口。

江寧點點頭：「自然是要試試。」

話音落下，他腳步移動，來到一百五十斤重的石鎖面前。

一百五十斤的石鎖，對於未曾鍛鍊的普通人而言，是一個很大的挑戰。對於他之前而言，更是不可能做到的事情。畢竟之前他比較瘦弱，可以說手無縛雞之力，連一百斤的石鎖不能做到離地，更別說一百五十斤了。

站在一百五十斤重的石鎖面前，江寧輕吐一口氣，調整好自身的狀態。

江寧手掌牢牢抓緊石鎖的握把處，隨著他的發力，右臂的肌肉頓時明顯的隆起，肌肉紋理變得清晰可見，石鎖也隨著他力量的爆發石鎖驟然離地。

看到這一幕，程然眼中閃過一抹異樣的神色。

「我記得江師弟這才學武四天吧，體魄竟然就增強到這個地步，可以提起一百五十斤的石鎖，了不得啊。」

江寧把石鎖緩緩放下，這才開口：「程師兄謬讚了。普通莊稼漢甚至都可以做到提起兩百斤的石鎖，我能提起一百五十斤的石鎖這算什麼。」

「這可不一樣。」程然頗為認真地搖搖頭：「江師弟身體瘦弱，一看就是是四體不勤五穀不分之人，如今滿打滿算，最多學武四天，體魄和氣力就增長如此之大，可以提起一百五十斤重的石鎖，可見師弟武道天賦頗為出眾。」

程然一邊說道，一邊搖頭晃腦，神情感慨。隨後，他又問道：「江師弟五禽拳應該在幾天前就入門了吧？」

江寧點點頭，並非否認：「還是程師兄看得準。」

程然一笑：「那是。不過這也不難看出。江師弟能提起一百五十斤的石鎖，必然是氣血早已凝練出來，能凝練氣血，拳法自然入門。」

說到這裡，程然臉上露出惋惜之色。

「江師弟剛剛入門幾天，五禽拳拳法五勢同修，卻是早早達到入門至今，說來江師弟的武道天賦才是高絕，在我之上，也在蕭鵬之上。」

「可惜學武太晚了。江師弟若是能早一兩年學武，如今大概早已是老師的真傳弟子，武道入品的存在，如今則就順其自然加入巡察府，完成魚躍龍門之舉，如此焉有蕭鵬如此張揚的機會？」

說到後面，程然更是連連搖頭。

江寧笑了笑，並未多言，手中一百五十斤重的石鎖也被他放了下來。

經過這塊石鎖的測試，他也大概知道了自己如今的力量是什麼狀況，大概在一百七八十斤左右。

因為提著一百五十斤的石鎖對他的負荷並不算大，他感覺自己還有一些餘力，雖然也不多，但是再強行多提個二三十斤卻也不難。

「練拳數天，體魄就增強如此之多，此方世界的武道果然神奇。」江寧心中甚為滿意：「如今我的五禽拳已然達到精通的境界，現在練拳一遍，就能凝練兩縷氣血，效率相比之前翻倍。」

「對於體魄淬鍊的速度也將大大增加。還有三個月的時間，興許完全來得及，畢竟我的拳法再突破一次的話，達到小成之境，凝練氣血的效率還會提升。」

此刻，程然也似乎振奮了精神：「江師弟，我不能在此頹廢了，我要拳法大成，我要成為王進老師的親傳弟子，我要戰勝蕭鵬，成為巡察府的一員。如果做不到，我就只能回去繼承家中的千畝良田了。」

繼承千畝良田……居然是有錢人家的子弟。

江寧：「……」

單單一千畝良田，那都是大於萬兩銀子的家產啊。而且他口中的千畝，也未必是區區一千畝。

狗地主。江寧暗暗吐槽一聲。

……

午餐過後，江寧練了一遍五禽拳後，把最後僅存的那份野參也全部吃完，隨後他也不再浪費時間，全力練拳。

一整個下午，他足足練了十遍拳法，每練一遍拳法，體內的氣血之力就凝練出兩縷。這十遍拳法中，也出現過兩次五禽拳經驗值加二的提示。

眾人已經去往領取湯藥的路上，江寧也喘著粗氣。關掉面板後，他又握了握拳頭，體力氣血之力奔湧，徑直湧入右臂。

「氣血之力可以貫通右臂的一半，大哥全盛時期，氣血強度可以貫通四肢，也就是說，我如今的氣血強度大概是大哥全盛時期的八分之一。」

江寧感受到體內的變化，滿意地點點頭。

「以這種效率增長，我的實力要不了多少天就能追上大哥的腳步了。這個面板果然神奇。若是五禽拳能再度突破境界，達成小成之境，每練一遍拳法凝練的氣血之力總量必然更多。」

江寧微微搖頭，輕輕一嘆：

「可惜如今那株野參徹底用光，往後沒有野參這等藥物的幫忙，即使有武館豐厚的伙食補充營養，我練五禽拳的頻率也要降低一半。」

想到這裡，江寧眉頭緊鎖。

一株野參就價值十多二十兩銀子，自己如今在武館，怎麼去弄這麼多的銀子？

十兩銀子，那可是等於普通人一家三四口一個月的生活費。其購買力放在前世也約等於一萬塊左右。

而自己僅僅三四天就能吸收一株野參，想到這一點，江寧頭頓時有些頭痛。

他拍了拍自己的腦袋，算了，不想這些了，反正如今沒有自保之力前不能隨便出去。即使出去，他也沒有搞錢的途徑，反而可能碰到徐雲峰。一旦意外受傷，還會耽誤練拳的進度。

還是先低調一點，將實力多提升一點，反正短時間內大哥這邊不會出危險，沒必要去做鋌而走險之事，先慢點就慢點吧。

理清思緒後，江寧直接朝著後廚的方向走去。

武館每日的一碗湯藥經過他這幾天的試驗，效果還不錯，能讓他多練一兩遍的拳法而不會對身體造成太多的負荷。

不如繼續向王進展露自身，看看能不能得到更多的好處？

江寧一邊走向後廚，一邊陷入思索之中。

……

夜晚的武館，寂靜而冷清，清冷的月光從頭頂灑落，地面上的紋路在明亮的月光照耀下都顯得清晰可見。

「師父。」江寧躬身。

王進點點頭：「你說想向我請教一下拳法心得？」

「是的。」江寧躬身，然後繼續道：「弟子想知道虎形拳何謂剛中有柔，何謂柔中有剛；熊形拳何謂沉穩中寓有輕靈；猿形拳何謂敏捷靈活，身形變幻無測；鹿形拳何謂動靜結合，動中有靜，靜中有動；鶴形拳何謂凌雲騰空，何謂動能心隨意動。」

王進聞言，眼神有些詫異地看向江寧。

「你說的這些，可是五禽拳小成才能做到的，你現在考慮於你來說太遠了，等你哪日五禽拳達到精通的境界，拳法和呼吸化為身體本能，你再來跟我請教吧。」

江寧站在月色下，如實道：「師父，我五禽拳已經達到精通之境了。」

「精通？」王進眼睛陡然大睜，雙眼變得渾圓。

「是的。」江寧點頭。

「你說你達到精通？練一遍五禽拳給我看。」王進神情轉而變得十分認真。

「是。」江寧應道。

下一刻，他希望透過展露自己的成就，能讓王進對他更加重視，予以他更大的支持。也希望得到王進的指點，能如他所預料的那般變化。

江寧腦海中這道想法一閃而過。在月色的籠罩下，他擺開架勢，開始在王進面前演練五禽拳。

此刻，在江寧五禽拳達到精通的層次效果下，他的一舉一動，一招一式再無之前的生硬。彷彿呼吸與拳法早已融入他的骨子裡，化為了他的身體本能，一切顯得渾然。

看到眼前的這一幕，王進越看雙目的變化越大，在月光的照耀下，他的雙眼瞪大如牛鈴。

不可思議……不可思議！

他心中此刻掀起驚濤駭浪。

「這才幾天時間啊？這小子的五禽拳就達到了精通的層次？這世上真有這種武道天才？」

「學習能力如此強，身體竟然也契合五禽拳，短短幾日就能讓這門拳法融入骨子裡，呼吸節奏和一招一式皆化為他的身體本能？」

「如此誇張的天賦，若是他悟性過關的話，那必然可以接受我的傳承。」

「如今就不知道他的悟性究竟如何，沒有高絕的悟性，那門中乘武學在他手中也不能大放光彩。」

「而且，我要的弟子是悟性真正極高，能將那門中乘武道功法習練至圓滿，如此方有可能去學會另外一門中乘武學，水火相融，勁力相疊，那將會是一門上乘的武道功法。」

「不過可惜，真可惜……」

此時王進看著江寧的目光，轉為一股惋惜之色。

「他學武太晚了。三個月，任他有通天的運道，也難以達成進入巡察府的條件。若是能早學武兩年，必然可以抓住這次魚躍龍門的機會。」

「他一旦抓住這個機遇，他未來的命運將會截然不同。不再是止步於這方小小的天地，止步於小小的洛水縣。這小子時運太不濟了。」

越想，王進越是感覺到深深的惋惜。

不說往後的進度如何，至少江寧是他見過初學武之時，進展最快的那個存在。入門僅僅幾天，五禽齊修，卻是已經走到了精通之境，可是卻與巡察府無緣。

巡察府做為初創的朝廷部門，又是那位武聖親自坐鎮，但凡能加入，對於任何人來說都是一樁天大的機緣。尤其是對於江寧這種普通人家出生的而言，更是逆天改命的機遇。

王進的思緒緩緩回歸，他依舊在認真地看著江寧練拳。

「這小子確實非常優秀，不過錯過了這個機緣，未來成就終究有限。不過也好，他若是習武有成，能通過我的考驗，成為我的關門弟子也未嘗不可。」

「這小子看起來就是重情重義，不是那種欺師滅祖之徒。錯過了加入巡察府的機緣，確實更適合為我養老送終。」

「不然，加入巡察府，雖然是他的大機遇，但是巡察府如此職權，想必不會太平，必然伴隨廝殺。搞不好中途遭遇意外身亡也不一定。」

想清楚後，王進也不再糾結，靜靜看完江寧所展示的五禽拳。

一遍完畢，江寧體內氣血再增加兩縷，頭頂也有裊裊熱氣升騰。
「不錯，真不錯。」王進微微頷首，眼中露出讚許的目光。
「是師父教導有方。」江寧拱手。
王進呵呵一笑：「這話就不用說了。我並未有額外的教導你，僅僅只傳給你一門五禽拳，也就在你面前演練了幾次五禽拳，能走到這一步，也主要是靠你的勤奮和天賦。」
話音落下，王進又道：「從明日起，早中晚你各去後廚領一碗湯藥。待會你去找孫大娘跟她說這件事。」
聞言，江寧心中一喜。
在王進面前展露進度果然是正確的做法。不展露自己的天賦，如何能得王進的重視？如何能得到這個好處？
白天蕭鵬成為王進的真傳弟子，最大的福利也是能去後廚早中晚各領一碗湯藥。而如今自己也是獲得了這個好處，可見王進對自己更加重視了。
此刻，江寧心中的喜色毫不避諱的展露出來。
「是。」江寧拱手行禮：「多謝師父。」
王進頷首微笑，看著江寧的目光更加順眼：「你剛剛是想向我請教五禽拳小成境界的要義吧？」

「是的。」江寧點頭，隨即拱手：「還請師父指點迷津。」

王進點點頭，隨即脫去身上的短褂，只穿著一條不到膝蓋的灰色短褲，渾身上下露出精壯的肌肉。

「虎形拳的剛中有柔，何謂柔中有剛；熊形拳的沉穩中寓有輕靈；猿形拳的敏捷靈活，身形變幻無測；鹿形拳的動靜結合，動中有靜，靜中有動；鶴形拳的凌雲騰空，動能心隨意動皆與你對身體的掌控有關，與你對於勁力也有關。」

「能做到這些，很難用言語表達出來，如同你即使睡夢中依舊還在呼吸。」

聽到這番話，江寧神情若有所思。

王進又道：「我給你練一遍拳，給你展示何謂小成級別的五禽拳，你注意觀察我肌肉紋理的變動。」

「多謝師父。」江寧拱手謝道。

「看好了。」王進一聲輕喝，他腳下並未有任何動作，整個人卻驟然疾射後退，剎那間就來到距離江寧三公尺開外的空地。

下一刻，他雙臂一動，開始演練五禽拳。

江寧頓時全神貫注的看著王進的動作，尤其是渾身肌肉紋理的變動，其中就蘊含勁力的流轉。

隨著王進拳法的演練，江寧也若有所思。

虎形拳在王進此刻的手中，並非之前演練給他的那般形如教科書標準。時而動作緩慢，似緩緩逼近的猛虎；時而驟然爆發，如猛虎下山，爆發出駭人的氣勢。

「剛中有柔，柔中有剛？如此言論倒是與前世所謂的太極有異曲同工之妙，動靜結合，剛柔並濟。」

這讓他又想到了出拳，拳頭收回，是為了狠狠地揮出去。又讓他想到了彈簧，壓得越狠，爆發力就越強。

如此來看，柔為蓄力，剛為爆發。帶著這個想法，江寧繼續牢牢記憶著王進肌肉紋理的運轉。

時間緩緩的流逝，在王進此刻的展視中，五禽拳也與江寧之前所見的完全不同。

在王進的手中，拳法中的一招一式似乎充滿了生命。

虎形拳的剛中有柔，何謂柔中有剛；熊形拳的沉穩中寓有輕靈；猿形拳的敏捷靈活，身形變幻無測；鹿形拳的動靜結合，動中有靜，靜中有動；鶴形拳的凌雲騰空，動能心隨意動。

種種拳勢皆皆在他手中展現。

一遍拳法演練完畢，王進徐徐從腹中吐出一口氣，隨後臉不紅心不跳的看向江寧。

此刻，江寧卻是已然閉上雙目。在他腦海中，不斷的重播王進演練五禽拳的畫面，一招一式，一舉一動，肌肉紋理細微的變化都在他眼中浮現。

過了足足盞茶的工夫，江寧這才緩緩睜開雙目。

「感覺如何？」王進開口。

「我試試。」江寧道。

第八章

猛虎勁

月色籠罩下，江寧開始練拳。

這一次，他練拳的速度頗慢，遠沒有平常練五禽拳的速度，但是王進看到這一幕，反而微微有些驚訝。

因為江寧的肌肉紋理在發生變化，彷彿在模仿自己體內剛剛流轉的勁力。

要知道，勁力唯有五禽拳臻至圓滿，方能如意運轉發揮的一種力量，肢體接觸間，勁力的破壞性極強。

在某些情況下，武道品級高低並不代表實際戰力的高低。

一位氣血大成、貫通四肢的武者，一旦將某門功法練至掌握勁力的層次，憑藉勁力的霸道，完全可以與初步入品武者正面交手數個回合而不落下風。

而若是達到氣血圓滿、貫通周身的武者，一旦掌握勁力，足以做到壓著初步入品武者打。

除此之外，一些天賦異稟的存在，如天生神力者，氣血圓滿即可達千斤巨力，是等同於尋常同層次武者的兩倍力道，這種天賦異稟者同樣可以做到攆著入品的武者打。

一力降十會，不外乎如是。

勁力的誕生，任何一門下乘武道功法臻至圓滿都可掌握勁，這也是下乘功法的品級劃分。

而五禽拳，五勢如若都臻至圓滿，可誕生猛虎勁、白猿勁、蠻熊勁、蒼鶴勁、靈鹿勁。

其中最強的正是猛虎勁，一旦肌體接觸，打入對方體力，筋骨血肉都會碎裂。

這也是他會特意抓來一頭猛虎放在鐵籠中供眾弟子觀摩，就是希望有能可以憑藉高絕的悟性，在靈光一閃間掌握圓滿的虎形拳，拳法臻至圓滿，猛虎勁即成。

掌握勁力與未掌握勁力的武者可以說是兩個維度。他剛剛也是依靠五禽各種勁力在體力流轉，帶動肌肉紋理的變動，方能展現出拳法小成的要義。對於江寧是否能有所悟，他並不抱多大期望。

若是五禽拳能這麼簡單就突破，那麼他開武館這兩三年，也不至於就那麼幾個真傳弟子。絕大部分拜入武館的學徒，基本都是六個月期限已滿，捲鋪蓋走人。

此刻，在王進思索之間，江寧一遍拳法結束。

「如何？」王進回神道。

「弟子略有感悟。」江寧開口：「我還想試試。」

話音落下，他提振一口氣，再次練拳。

這一次，他不去回憶腦海中的畫面，而是根據自己理解的去練拳。

放開之後，又根據前一遍練拳的感悟，江寧反而感覺不一樣了。冥冥之中似乎抓到了一些關於剛中有柔，柔中有剛的靈光。

力道運轉如意，虎形拳蓄勢之後的爆發，讓他有一種力道肆意傾瀉的快感。

一炷香之後，江寧收拳，面板上顯示五禽拳的精通經驗來到十七點。

「看來我的悟性也只能說是勉強，頂多算抓住了小成要義的一些皮毛。」

此刻江寧十分清楚，自己練這遍拳法雖然一次性增加了兩點經驗值，但是並不能代表他領悟了五禽拳小成的要義。

在他的推測中，他若是真的徹底領悟了五禽拳的要義，那麼大概是練拳一遍，經驗值會立即暴漲一百八十五點，五禽拳也會立即小成，而非現在這般僅僅只增加兩點經驗。

「不過想這些，我倒是有些貪心了。」江寧心中自嘲了一句。心情轉為喜悅，如今這種收穫也不錯。

這驗證了他之前的猜測，讓王進指導他五禽拳，但凡能領悟關於小成級別的五禽拳一些皮毛，那麼就會對他提升經驗的效率有所幫助。

他握了握拳頭，心中頗為振奮。

雖然僅僅只是讓他這遍拳法額外增加了一點經驗值，但是驗證了他的猜想，無疑給他開拓了一條道路，一條能更有效律提升經驗值的道路。

剛剛的那種他感覺只要自己能夠找到並且恆定下來，五禽拳至小成之前，經驗值提升的效率都會翻倍。若是再有其他拳勢的感悟，經驗值獲取的效率還能增加。

與此同時，王進也是微微頷首，旋即開口：「我看你似乎有些所得？」

江寧點頭：「略有所得。」

王進道：「其實五禽拳要想進步的最佳方式就是觀摩虎、熊、猿、鶴、鹿的一舉一動，乃至搏鬥，畢竟這門拳法就是脫胎於五禽的動作與神態。」

「八天後，院中那隻老虎會放出來與人搏鬥，你到時可以去好好觀摩觀摩，這對於你未來虎形拳邁入大成之境，乃至圓滿之境都會有極大的幫助。」

聽到這句話，江寧頓時眼睛一亮。不說其他，自己只要掌握虎形拳的形與神，那麼自己獲取五禽拳經驗值的效率增長不止能維持到小成之境，將來邁入大成之境前都能獲得倍數以上的經驗值獲取。

若是做到這一點，那麼自己五禽拳進入大成之前，每練一遍拳法，所增長的經驗值都是增加兩點，這無異於效率翻倍。

雖然經驗值獲取並不能帶來氣血凝練效率的增加。如自己剛剛練的那遍拳法，雖然一次性增加了兩點經驗值，但是氣血之力並非翻兩倍，依舊是與之前那般，只凝練了兩縷氣血之力。

但是這沒關係，只要自己的拳法提升經驗值的效率更快，那麼突破也就更快。畢竟對自己而言，沒有瓶頸一說，只要經驗值升滿，就能順勢突破。

入門級別的五禽拳一遍可以凝練一縷氣血，而精通層次的五禽拳練一遍卻是可以凝練兩縷氣血，效率直接翻倍。

可想而知，小成之後的五禽拳，其凝練氣血的效率更高；至於大成，那同樣會增加凝練氣血的效率；大成級別的五禽拳凝練氣血的效率必然遠超眼下。

如此一來，三個月內自己達成進入巡察府的可能性就會大大增加。

江寧心中頗為振奮。

看著江寧臉上的神情，王進滿意地點點頭：「不錯，武道要想勇猛精進，就得有一股自信，有一股朝氣。」

江寧回神，拱手行禮：「弟子多謝師父的教導。」

王進笑呵呵道：「別整這些有的沒的。你好好練拳，早日達到大成之境，才是最好的表示。那個時候，你我才會有真正的師父之緣。雖然你時運不濟，會錯過進入巡察府的最佳機會，但是你若能通過老夫的考驗，老夫會將自身畢生所學傾囊相授，你未來的成就也或許會在老夫之上。」

江寧笑了笑，不置可否，對於王進不相信自己能在三個月內達成進入巡察府的條件，他十分理解，這也很正常，畢竟自己習武時間太過短暫。三個月又能做什麼？看王進真傳弟子的考驗，六個月內五形拳任意一勢大成，即可成為他的真傳弟子。

由此可見，習武何其難。自家大哥習武這麼多年，也僅僅是達到氣血大成，貫通四肢的水準。

而達成加入巡察府的條件，可是要武道入品，並且年齡低於三十歲。在洛水縣，任何能做到這一點的，要不是武道天才，要不是非富即貴，用金錢堆出來的武者。

江寧臉上露出笑容，神情充滿自信：「師父放心吧，五禽拳大成這一天要不了多久。」

「好！就該如此自信。」王進再次讚道。

他旋即又微微抬頭看了眼月色：「天色有些晚了，我這一把老骨頭就不與你這種年輕人折騰了，我要回去休息了。你今夜也不適合練拳了，剛剛練拳有些過度，回屋好好休息，養精蓄銳明日再練拳。」

江寧點點頭：「弟子明白。」

隨後江寧又開口道：「弟子有一件不情之請想跟師父說。」

「婆婆媽媽，吞吞吐吐，直接說就是了。」王進道。

「弟子想去師父的書房中借閱書籍，現在到午夜子時還早，我正好可以看看書，而且平常練拳恢復體力和休息閒暇間可以看書增長見識。」江寧開口道。

「你這麼拚？」王進有些愕然，他本意是讓江寧今晚回去早點休息。結果他萬萬沒想到，江寧竟然想著趁現在時間還算早，於是去借書看書。

江寧撓撓頭：「窮人家的孩子，不拚不行啊，不拚怎麼改變命運？而且老師也知道，我之所向老師請求留在武館長居是外面有人想對我不利，我明年開春還想參加科舉考試，獲得功名加身，如此才能獲得真正安寧。」

「要功名加身才能獲得安寧？」王進有些詫異的繼續問道：「壓力可是來自於官身？」

江寧道：「不是真正的官身，勝似官身。」

「原來如此。」王進微微頷首，卻也沒有多問，隨後他道：「你能有如此志向，難能可貴，文武雙全確實很重要。真正的強者，向來不是力量上的無敵，也不是頭腦智慧的無敵，而是兩者兼備。武道真正強者，從來沒有目不識丁之人。」

江寧頗為贊同地點頭：「師父說的弟子也頗為贊同。」

王進再次頷首道：「你有如此志向，我又怎能不支持。今後我的書房你隨便進，待會你去孫大娘這裡拿個鑰匙即可。」

「謝師父。」江寧神色認真，拱手行禮。

……

「咚咚咚」的敲門聲響起。

「來了，來了。」

聲音響起，一連串沉重的腳步聲就在江寧耳邊響起，並且不斷逼近。

隨著小院的門打開，就露出孫大娘略顯魁梧的身軀。

「我就知道是你這小子。」孫大娘開口。

江寧臉上也是露出笑容：「大姐，這麼晚打擾妳了。」

「嗨，打擾什麼，我都還沒睡覺。」孫大娘擺擺手，然後又開口道：「你這小子這個點不去練功，突然來找我，是有什麼事嗎？」

江寧道：「今日壓榨身體過度，又沒有野參可以用來補充身體的消耗，哪還能練功了。於是剛剛跟館主說了，想去書房借些書來看，館主同意後就讓我來找孫大姐拿鑰匙了。」

「這樣啊。」孫大娘恍然點頭：「你在這裡等我。我給你拿一把書房的鑰匙。」

「嗯嗯。」江寧連連點頭。

小片刻的工夫，孫大娘就風風火火地來到江寧面前：「鑰匙給你，不要弄丟了。」

「大姐放心吧。」江寧笑了笑接過孫大娘遞過來的鑰匙。旋即他又開口：「對了大姐。」

「怎麼了？」

江寧道：「剛剛館主說了，從明天開始我每天早中晚都可以喝一碗湯藥。」

「不錯呀，小傢伙。沒想到王館主挺看重你的，竟然把你的待遇提升為真傳弟子的待遇了。蕭鵬那小子今日成為真傳弟子，也不過如此。」孫大娘一臉開心地重重拍了江寧一巴掌。

隨後她繼續道：「我剛剛聽到你沒有野參補充身體練功的消耗，還怕你這小傢伙會自己練垮身體呢。畢竟你這小傢伙是我在武館這些年來，見過練功最吃苦的孩子了。」

江寧笑笑不語。說他勤奮，他已經聽過好多遍了。

但是有面板在，每一份努力都能得到收穫，能看到自己一點一滴的進步，能感受到自己體魄不斷的成長，這誰能不勤奮？

人之所以不勤奮、不刻苦，往往都是看不到收穫，付出得不到回報。尤其是卡在瓶頸的時候，努力一週、一月、一年，最終都無法寸進，那麼又有幾人可以繼續堅持？

……

與孫大娘告別後，江寧快速的朝著書房走去。

王進武館的藏書必然比自己家中多很多，而且裡面或許還有武道功法祕笈，自己如今因為之前的表現，在王進心中的地位得到了提升，也獲得了進入書房的權限，這讓他心中頗為期待。

來到書房前，他打開門鎖走了進去，點亮燭臺之後，整間書房的布局就浮現在眼中。

書房的三面都安置著一座大大書櫃，每座書櫃上都整整齊齊的擺放著一本本書籍。

江寧靠近右邊的書櫃，一眼看過去，便是一本本醫書藥理。

正所謂醫武不分家。武學都會涉及人體各處奧祕，對於開創武道功法的人而言，必然是學識見聞極其淵博，十分了解人體各處奧祕的，藥草同樣如此。

武道之路與各類藥草息息相關，難以分割。若是沒有藥物的輔助，那麼一個人終生武學成就必然會大大受限，進步效率會大大減緩。

要知道，學武最佳黃金年齡乃是十五開始，骨骼和身體發育成熟之後，至三十五歲左右乃是最巔峰的黃金年齡，也是進步最大、最快的黃金年齡。

習武之人，從大約四十歲開始就會漸漸走下坡路，氣血也會不斷的衰敗。那個時候，別說武道精進了，要想保持實力不降都難。

除非將武道修行至高深的層次，內壯五臟，延長身體機能，方能有更長的黃金年齡可以精進武道。

江寧腦海中閃過這些雜念，目光快速掃過書櫃上的書籍名稱緩緩前行，目光飛速的從書櫃上擺放的書籍名字上飛快的掃過。

當三排書櫃都被他看完後，他心中對於王進書房的藏書也有個大體的認知。

這三排書櫃中，既有資治，也有經世，也有各類經書、科舉考究的書籍，也有醫術草藥學，還有一排的武道書籍。

那些關於武道的書籍他也簡單的看了一眼，基本都是不入流的武道功法書籍，只有最上面一個櫃子放了幾本下乘的武道功法。

他剛剛簡單抽出來掃了一眼，自己若是學了自是有些幫助，但是江寧知曉自己的修行方式，應當是專精而不是貪多，對他來說貪多嚼不爛。

在他手中，任何功法提升至圓滿的境界，破限之後才是最神奇玄妙的地方。

非但效果會進一步增強，而且還會產生某種非凡的特性加身。

就像那門識文斷字的破限，不但讓他思維運轉更加迅捷，精神力得到壯大，最關鍵的還賦予了他過目不忘的特性，這門特性對他幫助良多。

所以他不會放棄提升識文斷字這門技藝的經驗值，而且提升識文斷字這門技藝的經驗值，與他練武練拳絲毫不產生任何衝突。

一個人身體的承受能力畢竟是有限的，練功若是過度，有再多的大補之藥也會垮掉。

而且，讀書開慧、通理，最關鍵的是明神。

神指的就是精氣神中的神，也是精神力，也是神魂。熟讀經義增長學識，可增長精神力、壯大神魂，這是這方天地的規則。

儒道大家，陰神出竅暢遊天地，可做到朝游崑崙暮昌吾。他們甚至可以用神魂調遣天地力量，實力同樣不可小覷，這也是朝堂諸公的依仗。

同時，不少書中都有提及神的重要性，那是武道之路走到後面必修的道路。但是卻很少有武道強者很少去選擇這條路來壯大神魂，因為學文要有所成，同樣要極高的天賦以及數十年如一日的寒窗苦讀。

江寧知道，若非自己有這個強大的面板，同樣也無法做到兼顧學文。

如今既然能學文，他就不會放棄。自己只要讓識文斷字這門技藝只要不斷的破限，自己遲早可以達到陰神之境，這於武道的成長也有莫大的幫助。

但是對他來說，他一天的時間和精力都是有限，專精一兩功法和技藝才是他最佳的選擇。唯有如此，才能最大化提升經驗值，讓技藝早日圓滿，然後破限。

任何功法每一次破限，都會帶來巨大的變化，其中特性才是江寧尤為看重的。

他腦海中各種思緒翻飛，突然間，他的目光一凝。

《洛水縣情報全記》《大夏叛亂匯總》……同時，在這兩本卷宗旁邊，他也看到一張格外引人注目的殘頁。

下一刻，他三步並做兩步來到書桌前，目光直接落在那張殘頁上，直覺告訴他，這張殘頁不一般。

看見殘頁上的五個字《內丹養生功》後，他目光連忙下移，殘頁上只有短短數百個字。但是這數百個字，江寧卻是看了一盞茶的工夫。

良久，他輕吐一口氣，放下手中這張殘頁。

一顆金丹吞入腹，我命由我不由天。

「好高的立意，好高深的內壯之法，可惜竟然是一張殘頁。」

江寧暗暗搖頭。看完這張殘頁後，他也明白內丹養生功是一門何等的功法。

據他所知，武道體系中，既有皮肉筋骨，也有內壯蘊五臟六腑生出內息的武道境界。而內丹養生功，就是一門出自於道家的內壯之法。

此法若是長期修行，可延年益壽，延緩衰老；若是有成，更是可以衍生內息，體力綿長，生生不息；此功若是圓滿，則就是於體內丹田凝聚內丹，達到立意中的一顆金丹吞入腹，我命由我不由天。

往後可吞納天地靈機，可以在短短數月完成皮肉筋骨至內壯的蛻變。這是道家的某些分支的修行之法，先修性再修命。

「可惜，上面僅僅記載了呼吸吐納之法，這頂多能算做到入門的層次，難怪王進會將這殘頁隨便放在桌上。」

將殘頁上面的文字全部記下，江寧也把這頁殘頁重新放回王進的書桌上。

【技藝】：內丹養生功（未入門0／100）。

「一百點？」看著自己的面板，江寧目光驟然一凝。

僅僅只是一個入門，竟然就要一百點的經驗值，這內丹養生功竟然如此不凡？

他此刻的眼神有些訝異。這應該是高等級功法的緣故，如此來看，這門功法可不能放過。有面板在，或許殘頁也不影響這門功法向上突破。

略微思索一番，江寧便覺得自己這個猜測極有可能是真實的。

破限，這種打破常規，從無至有的效果都有，更別說殘頁補全的效果了。兩相對比，殘頁補全那難度完全不在一個層次。

王進為了延壽，調養身體機能都能找到這張殘頁，既然有殘頁在，那麼就足以說明內丹養生功這門功法在世間某處就有完整的功法記載。

而破限則就不同，那是打破了世人的認知。

旋即，他的目光又放在身前的兩本卷宗上，拿起其中一本《大夏叛亂匯總》卷宗掃過去。

夏曆839年一月上旬，波山縣發生叛亂，亂軍攻破縣城，席捲三縣，後被姍姍來遲的玄甲軍鎮壓。

夏曆839年一月上旬，白山村被亂軍屠滅，掃蕩兩鎮，後被石山縣駐軍衝散。

夏曆839年一月中旬……

江寧一目目看過去，越看他越是驚訝。因為這上面的記載，其中有數起事件正是在澤山州內。

澤山州，多水多山，故此命名。

良久，江寧看完這本卷宗後，緩緩收回目光，心中也頓時明白為何大夏會由武聖坐鎮，開巡察府了。

僅僅去年一年，澤山州就一共發生了大大小小共六起叛亂。這還僅僅是澤山州一洲之地，而大夏共有九州，其中叛亂的次數，澤山州還是在九州中排名中下，可想而知整個大夏去年共計發生了多少起叛亂。

——待續

國家圖書館出版品預行編目資料

大夏武聖 / 江上景作. -- 初版.
-- 飛燕文創事業有限公司, 2025.10-

冊；公分

ISBN 978-626-413-330-2(第1冊:平裝).--
ISBN 978-626-413-331-9(第2冊:平裝).--
ISBN 978-626-413-332-6(第3冊:平裝).--
ISBN 978-626-413-333-3(第4冊:平裝).--
ISBN 978-626-413-334-0(第5冊:平裝).--
ISBN 978-626-413-335-7(第6冊:平裝).--
ISBN 978-626-413-336-4(第7冊:平裝).--
ISBN 978-626-413-337-1(第8冊:平裝).--
ISBN 978-626-413-338-8(第9冊:平裝).--
ISBN 978-626-413-339-5(第10冊:平裝).--
ISBN 978-626-413-340-1(第11冊:平裝).--
ISBN 978-626-413-341-8(第12冊:平裝).--
ISBN 978-626-413-342-5(第13冊:平裝).--
ISBN 978-626-413-343-2(第14冊:平裝).--
ISBN 978-626-413-344-9(第15冊:平裝)

857.7 114011811

大夏武聖 01

出版日期：2025年10月初版
建議售價：新台幣190元
ISBN 978-626-413-330-2

作　　者：江上景
發 行 人：曾國誠
文字編輯：小鯨魚
美術編輯：豆子、大明
製作/出版：飛燕文創事業有限公司
公司地址：台中市南區樹義路65號
聯絡電話：04-22638366
傳真電話：04-22639995
印 刷 所：燕京印刷廠有限公司
聯絡電話：04-22617293

各區經銷商

華中書報社	電話 02-23015389
旭昇圖書有限公司	電話 02-22451480
智豐圖書股份有限公司	電話 05-2333852
威信圖書有限公司	電話 07-3730079

網路連鎖書店

金石堂網路書店 電話：02-23649989
網址：http://www.kingstone.com.tw/

博客來網路書店 電話：02-26535588
網址：http://www.books.com.tw/

若您要購買書籍將金額郵政劃撥至22815249，戶名：曾國誠，
並將您的收據寫上購買內容傳真到04-22629041

若要購買本公司出版之其他書籍，可洽本公司各區經銷商，
或洽本公司發行部：04-22638366#11，或至各小說出租店、漫畫便利屋、各大書局、金石堂網路書店、博客來網路書店訂購。
▶如有缺頁、破損，請寄回更換！

Fei-Yan
飛燕文創